MÖRDERISCHE MACHENSCHAFTEN

DAS BUCH

Fünfzehn Kurzkrimis entlarven menschliches Moralversagen. Ob bei einer Weinprobe, einer Clowns-
vorstellung, einem Steinbildhauerkurs oder einer
Hochzeit, ob in der Urlaubshütte, im Gewächshaus
oder im Lederwarengeschäft, ob in Heidelberg,
Karlsruhe, Pforzheim oder irgendwo im Schwarzwald – Vorsicht ist geboten.

DIE AUTORIN

 Uschi Gassler, 1957 im oberfränki-
schen Kronach geboren, wohnt mit
ihrer Familie im badischen Königsbach-Stein. Nach ihrer Ausbildung
zur Industriekauffrau wechselte sie in
ein Kreditinstitut und ist heute noch
dort tätig.
Seit ihrer Kindheit erfindet sie Geschichten. Um
ihnen den Weg aufs Papier zu ebnen, durchlief sie
die Weltbild-Autorenschule sowie die Fernstudien-
gänge »Belletristik« und »Roman« der Schule des
Schreibens. 2009 wurde im Rahmen einer Ausschreibung der erste ihrer Kurzkrimis veröffentlicht.
2015 erschien ihr Kriminalroman »Gier ist dicker als
Blut« bei *Der Kleine Buch Verlag* (jetzt *Lauinger Verlag*), Karlsruhe.

USCHI GASSLER

MÖRDERISCHE MACHENSCHAFTEN

KURZKRIMIS

2017

Bibliografische Information der Deutschen Nationalbibliothek:
Die Deutsche Nationalbibliothek verzeichnet diese Publikation in der
Deutschen Nationalbibliografie; detaillierte bibliografische Daten sind
im Internet über http://dnb.dnb.de abrufbar.

© 2017 Uschi Gassler
Umschlaggestaltung: Uschi Gassler
Titelbild »Ruine am Abend«, 1980, mit freundlicher Genehmigung:
© Hans-Jürgen Sperl, www.sperl-online.de
Lektorat und Satz: text*REIN*, Königsbach-Stein, www.textrein.de

Herstellung und Verlag:
BoD – Books on Demand, Norderstedt

ISBN 978-3-7448-9315-2

PROFITGIER, EIFERSUCHT, RACHE, HASS

schüren
menschliches Moralversagen

INHALT

PROLOG

Gevatter Tod lauert immer und überall in Erwartung seines Auftritts. Er assistiert Verzweifelten und Rächenden, Habgierigen und Verblendeten, Hasszerfressenen und Mordlüsternen.

Motiv, Mittel, Möglichkeit sind die Basis für jedes Verbrechen. Kann eines dieser Aspekte nicht nachgewiesen werden, haben Täter gute Karten. Erst recht, wenn das Opfer unauffindbar ist.

Eine kriminelle Tat, gar eine lebensauslöschende, ist in der Realität etwas Grausames, Unerträgliches für Opfer und Hinterbliebene. Verbrechen sind mit nichts zu rechtfertigen.

Umso erstaunlicher ist es, festzustellen, dass sich viele Menschen mit fiktiven Bluttaten bestens arrangieren können, ja, geradezu nach Kriminalgeschichten lechzen. Ist es die Gewissheit, während der Tatausübung selbst in Sicherheit zu sein, oder Genugtuung, weil die Bösen überwiegend zur Rechenschaft gezogen werden, womöglich mit Mitteln, die im wahren Leben nicht zulässig sind?

In den Geschichten dieses Buches darf so mancher Rechtsbrecher mit sadistischem Wohlbehagen davonkommen. Was der Unterhaltung durchaus dienlich sein kann.

Denn die Devise lautet: Krimis machen nur Spaß, wenn Leser, Zuhörer oder Zuschauer nicht mit Tragik erschlagen werden.

TATORT PFORZHEIM

Stadt und Land

Hauptkommissar Eric Feiler überführt.

Klugheit glaubt mancher zu besitzen.
Pech, wenn sich herausstellt,
es war nur Dummheitsblitzen.

ALLERBESTE FREUNDINNEN

... BIS DER TOD SIE SCHEIDET.

Es fiel ihr schwer aufzustehen.

Die ganze Nacht hatte sie sich von einer Seite auf die andere gewälzt, trotz Beruhigungspillen. Obendrein hatte Martin in seinen Träumen einen kompletten Wald abgesägt.

Der Wecker läutete zum dritten Mal.

Clarissa quälte sich aus dem Bett, schlurfte ins Badezimmer, richtete sich einigermaßen ansehnlich her. Sie zwang sich, einen Kaffee aufzubrühen und eine Kleinigkeit hinunterzuwürgen.

Keine zehn Minuten später schlüpfte sie in ihre Jacke, schulterte die Handtasche und verließ die Wohnung, bevor Martin sie mit seiner ewigen Fragerei drangsalierte. Am Abend würde sie mit Sicherheit bessere Laune haben.

Leise fluchte sie vor sich hin, es dauerte ihr viel zu lang, bis endlich der Bus hielt und sein warmes Inneres freigab. Inmitten grölender Schüler drängte sie die Stufen empor, ließ sich in einen freien Sitz fallen.

Draußen zogen die Häuserreihen vorbei, und tief in ihrer Seele verstärkte sich mit jedem Meter, der sie ihrem Ziel näherbrachte, das flaue Gefühl, das schon lange zur Gewohnheit geworden war und ihr aufzeigte: Sie hasste ihre Arbeit. Und ebenso ihre zwei Kolleginnen Anna und Luise, die sie ständig gängelten und piesackten. Das Maß zum Überlaufen gebracht hatte allerdings Dunja, die bisher nicht nur eine verlässliche Kollegin war, sondern sich auch ihre Freundin nannte. Bis gestern die widerwärtige Luise mit einem scheinheiligen Lächeln Clarissa zugewispert hatte, sie hätte Dunja zusammen mit Martin gesehen, und die beiden hätten sehr vertraut gewirkt.

Durch die angelaufene Scheibe des abbremsenden Busses sah Clarissa ihre Arbeitsstelle auftauchen. Ein frisch renovierter Flachbau mitten im Brötzinger Industriegebiet. Sie brauchte einige Sekunden, um zu realisieren, dass Fahrzeuge den Eingang der Wäscherei verstellten. Zwei Polizeiautos, ein Notarzt- und – ein Leichenwagen.

Der Bus hielt, sie stieg aus. Ihr Herz pochte hart, sie fror. Zögerlich überquerte sie die Straße und spürte mit jedem Schritt ihre Knie schwammiger werden. Unsicher näherte sie sich dem Eingang. Hinter der Glastür sah sie mehrere Personen miteinander reden. Sie schwenkte rasch ab und marschierte um die Hausecke herum, der Personaleingang befand sich hinten.

Die Tür stand weit offen, zwei Uniformierte flankierten sie bewachend.

»Ist etwas passiert?«, fragte Clarissa schüchtern und rang sich ein zaghaftes Lächeln ab.

»Arbeiten Sie hier?«, kam die Gegenfrage eines der Beamten, worauf sie nickte und er ihr erlaubte, einzutreten.

Clarissa erklomm die beiden Stufen und durchschritt den schmalen Flur. Sie warf einen Blick die Treppe hinunter, die zu den Sozialräumen mitsamt den Toiletten führte. Worte hallten ihr entgegen, sie konnte nichts verstehen.

»Wohin möchten Sie?«

Sie zuckte zusammen, als eine kühle Hand für einen kurzen Moment ihre Schulter berührte.

»Entschuldigung. Ich wollte Sie nicht erschrecken. Ich bin Hauptkommissar Eric Feiler von der Kripo Pforzheim.« Der hochgewachsene Mann in Zivil hielt ihr einen Ausweis vor die Nase.

»Ich ... ich wollte mich nur umziehen. Geht das heute nicht?« Clarissa ärgerte sich über ihre scheue Stimme.

»Doch, aber die untere Toilettenanlage ist vorerst gesperrt. Gehen Sie bitte direkt in den Umkleideraum.«

Clarissa nickte und schritt die Stufen hinab.

Die Worte wurden lauter, dröhnten von hinten hervor, aber es gelang ihr nicht, eines zu erhaschen. Sie wagte nicht, in den langen Gang bis hin zur offenstehenden Tür der Damentoilette zu blicken, wagte nicht, das Treiben der vielen Fremden zu beachten, sondern hechtete in den Umkleideraum und warf die Tür ins Schloss.

Entschieden zu laut.

Die heimtückische Luise und die alte Schachtel Anna schauten erschrocken auf. Die Ex-Berlinerin und die Schwäbin hatten sich gesucht und gefunden. Ein Herz und eine Seele. Zusammen bedienten sie an der Theke die Laufkundschaft und verfrachteten fertige Wäschepakete auf die Container der Krankenhäuser, Wirtshäuser oder sonstiger Kunden. Überhaupt, zu Kunden konnten sie richtiggehend nett sein.

»Wat issen mit dir? Heut' so unjestüm?«, gackerte Luise, und beide lachten laut auf. Hämisch, wie immer.

Clarissa erwiderte nichts, legte Jacke, Tasche und Schuhe in den Spint, schlüpfte in ihre bequemen Schlappen, zog sich die weiße Kutte über.

»Willscht denn net wisse, was da drauße los isch?«, blaffte Anna.

»Was ist denn los?«, fragte Clarissa automatisch.

Die beiden Weibsbilder hatten sie ganz schön im Griff.

»Die Dunja is' tot«, erklärte Luise, »kannste dir det vorstell'n? Einfach tot. Abjemurkst hamse se.«

»Dunja?«, fragte Clarissa sicherheitshalber nach.

»Ja! Biste denn taub? Unsre Putzfee hat se jefunden. Wat en Schock für det arme Mädel.«

»Nu haschte koi Verbündete mehr, so 'n Pech!«, quakte Anna erbarmungslos weiter.

Clarissa glaubte zu ersticken. Nichts wie raus! Lieber im Dampf der Maschinen verrecken, als eine Minute länger diese hinterhältigen Xanthippen ertragen zu müssen. Sie riss die Tür auf, rannte hinaus und gegen einen Mann. Es war der Hauptkommissar von vorhin.

»Hoppla, junge Dame!«, sagte er in ruhigem Tonfall, presste seine Pranken gegen ihre Schultern, vergrößerte behutsam den Abstand zu ihr und ließ schließlich wieder von ihr ab.

»Und – Sie sind ...?«, fragte er, nachdem er ihr Gelegenheit zum Ausatmen gelassen hatte.

Clarissa nannte ihren Namen, sah zu ihm auf, erklärte stammelnd, dass sie hier arbeite. Schon spürte sie, wie ihre Augen brannten. Heiße Tränen kullerten über ihre Wangen.

»Sie wissen bereits, was geschehen ist?«, bemerkte der Kripobeamte, und Clarissa nickte.

»Alex!«, rief er abrupt in Richtung der Toiletten.

Eine sportliche Brünette mittleren Alters tauchte auf. »Ich bin Hauptkommissarin Alexandra Riehl«, stellte sie sich vor. »Kommen Sie bitte mit.«

Widerstandslos ließ sich Clarissa zu ihrem Chef hinaufbegleiten.

Keine Viertelstunde später dämpfte, presste, faltete sie bereits wieder frisch gereinigte Wäschestücke. Herr Faber hatte beschlossen, den Laden für die Laufkundschaft heute zu schließen, jedoch den Betrieb intern aufrechtzuerhalten. So war es fast wie jeden Tag. Nur Dunja fehlte.

Die Stunden zogen sich quälend in die Länge. Bis plötzlich eine kräftige Männerstimme rief:

»Frau Stoll? Kommen Sie bitte mit?«

Clarissa schrak zusammen und wandte sich um.

Ein uniformierter Beamter stand in der Tür. Sie schluckte, atmete durch und folgte ihm mit festen Schritten. Jetzt hieß es, die Schultern stramm halten, den Blick aufrichten und ihrer Stimme einen festen Klang geben.

»Nehmen Sie bitte Platz!«

Hauptkommissar Feiler deutete auf den leeren Stuhl vor Herrn Fabers wuchtigem Schreibtisch. Er hatte es sich im Chefsessel bequem gemacht, seine Kollegin auf dem Tischrand.

Die Blicke der beiden folgten Clarissa, bis sie saß.

»Sie waren die Freundin von Dunja Ritter?«, stellte die Hauptkommissarin mit süßlicher Stimme fest.

Clarissa zuckte zusammen. Es klang so befremdlich endgültig, diese Vergangenheitsform.

»Wohl eher eine gute Kollegin«, gab sie zurück.

»Stimmt es, dass Sie sich auch privat getroffen haben?«, wollte Hauptkommissar Feiler wissen.

»Ja, manchmal.« Clarissas Vorsatz, jedem Fragenden direkt in die Augen zu schauen, schien zu klappen. Es ging leichter als gedacht.

»Wissen Sie, ob Frau Ritter Probleme im Betrieb hatte?«, fragte die Kommissarin.

»Dunja? Nein, ganz sicher nicht!« Clarissa zwang sich, ihre Bitterkeit nicht anmerken zu lassen.

»Haben *Sie* Probleme mit Kollegen oder Kolleginnen?«

»Wir haben nur einen Kollegen. Den Fahrer. Der ist sehr nett. Da gibt es keine Probleme.«

»Und mit den Kolleginnen?«, hakte Feiler nach.

»Es geht.«

»Das heißt jetzt – genauer?«

»Dunja war die Einzige, mit der ich auskam. Die anderen sind etwas – seltsam.«

»Seltsam?«, griff die Kripobeamtin auf.

»Die stellen nur immer ihre eigenen Interessen in den Vordergrund. Mit Dunja konnte ich einfach über alles reden.«

»Auch über Ihre intimsten Familienangelegenheiten?«, bohrte Feiler.

»Ja«, gab Clarissa vorsichtig zu.

»Man könnte also sagen, Sie und Frau Ritter unterhielten eine gute Freundschaft«, folgerte Riehl.

Clarissa nickte zögerlich. »Ich denke schon.«

»Kannte Frau Ritter Ihren Mann?«, fragte der Hauptkommissar.

»Nein – eigentlich nicht. Vielleicht nur vom Sehen. Wenn er mich manchmal abgeholt hat.«

Sie hielt sich wirklich tapfer.

»Eine Ihrer Kolleginnen hat ausgesagt, sie habe beobachtet, wie Frau Ritter Ihrem Mann mit einer höchst freundschaftlich wirkenden Gestik zugewinkt haben soll.«

Clarissa verdrehte die Augen. Diese Schrapnellen. Plapperten über Dinge, die sie nichts angingen. Wer weiß, was sie sonst noch ausgetratscht hatten.

»Typisch Dunja. Unkompliziert emotional. Wenn mein Mann mich abholt, wartet er im Auto.

Vielleicht hat sie ihm einmal gewunken, als sie vor mir den Betrieb verlassen hat.«

»Er hat zurückgewinkt«, sagte die Kommissarin.

»Nein, ganz sicher nicht.«

»Das wurde von Ihren beiden Kolleginnen beschworen.«

»Die lügen. Die lügen eh, dass sich die Balken biegen. Diese Weiber rücken sich immer alles so zurecht, wie sie es brauchen. Sogar Dunja haben sie schon ...«

Clarissa stockte. Fast hätte sie zu viel gesagt.

»Haben – was?« Hauptkommissarin Riehl beugte sich vor, sie wirkte wie eine Kobra, die ihre Beute zu hypnotisieren versuchte.

Automatisch drückte sich Clarissa tiefer in ihren Stuhl.

»Nun, sie hätten sie beinahe gegen mich aufgehetzt. Aber Dunja hat immer zu mir gehalten.«

Erleichtert bemerkte Clarissa, dass sich die Haltung der Beamtin wieder entspannte.

»Der Balanceakt zwischen Ihnen und den mobbenden Kolleginnen war für Frau Ritter sicherlich nicht einfach. Was meinen Sie, Frau Stoll?«, quälte der Hauptkommissar weiter.

»Also, von ›mobbenden Kolleginnen‹ würde ich grad nicht reden. Höchstens ein wenig streitsüchtig! Und Dunja hatte damit keine Probleme. Sie wurde ohnehin respektiert.«

»Vielleicht, weil sie doch nicht so verschwiegen war, wie Sie glaubten?«, stellte Hauptkommissarin Riehl fest.

Clarissa wurde es heiß. Sie musste höllisch achtgeben. »Auf Dunja war immer Verlass.«

»Uns wurde gesagt, Frau Ritter habe nicht ungern privat Anvertrautes ausgeplaudert, um sich die Anerkennung der anderen zu erkaufen.«

Die Kripobeamtin blickte sie scharf an.

Clarissa schwieg. In ihr brodelte es, als würde sich ein Vulkan auf seinen Ausbruch vorbereiten.

Der Hauptkommissar beugte sich vor. Seine hellen Augen blitzten bedrohlich.

»Wir wissen aus zuverlässiger Quelle, dass Frau Ritter sich mit Ihrem Mann getroffen hat.«

»Wer – wer sagt so etwas?«, presste Clarissa heraus.

»War Ihnen diese Tatsache bekannt?«, gab der Hauptkommissar zurück.

»Wenn Dunja das verbreitet hat, war das gelogen. Sie wollte sich bestimmt nur wichtigmachen.«

»Tut mir leid, Frau Stoll. Ihr Chef, Herr Faber, hat vor ein paar Tagen während der Mittagspause Frau Ritter zusammen mit Ihrem Mann drüben im Schnellrestaurant gesehen. Es war ihm peinlich, und er hat sich sofort zurückgezogen, um nicht entdeckt zu werden. Er wollte sich auf keinen Fall in Ihre Privatangelegenheiten einmischen.«

Das musste letzte Woche gewesen sein, als Clarissa ihre Mittagspause wegen des Zahnarzttermins verschoben und ausnahmsweise nicht mit Dunja verbracht hatte. Diese hinterlistige Schlange!

»Herr Faber will meinen Mann gesehen haben, wie er mit Dunja ...? Dann hat sie doch nicht gelogen.« Oh Gott! Jetzt war's ihr herausgerutscht. Allmählich reichte ihr das dämliche Frage-und-Antwort-Spiel. Und Schuld hatte nur Dunja. Dunja ganz allein!

Der Vulkan in Clarissa war urplötzlich bereit und brach aus. Sie schnellte empor, der Stuhl schleuderte scharrend hinter ihr weg, sie stampfte mit dem Fuß auf den Boden und schrie wie von Sinnen:

»Diese blöde Kuh! Dieses dumme Miststück! Hoffentlich schmort sie in der Hölle! Mir meine Ehe kaputtmachen zu wollen.«

»Setzen Sie sich bitte, Frau Stoll!«

Die Kommissarin war ebenfalls aufgesprungen, presste eine Hand auf Clarissas Schulter, rückte mit der anderen den Stuhl zurecht und drückte sie darauf.

Clarissa spürte Tränen in ihren Augen. Wischte sie weg.

»Haben Sie gestern Abend als Letzte Frau Ritter im Toilettenraum angetroffen?«, fragte die Hauptkommissarin rücksichtslos weiter.

»Woher soll ich das wissen? Vielleicht war ja nach mir noch jemand dort«, reagierte Clarissa gereizt.

»Waren Sie und Frau Ritter alleine?«, fragte der Hauptkommissar.

»Ja. Das kommt sogar öfter vor, als Sie denken«, entgegnete Clarissa störrisch.

»Hatten Sie eine Auseinandersetzung?«, fragte jetzt wieder die Hauptkommissarin.

»Nein.«

»Hat Frau Ritter Ihnen eingestanden, sich mit Ihrem Mann getroffen zu haben?«, ergriff Feiler abermals das Wort.

Clarissa schwieg.

»Hat sie?«, setzte die Riehl nach.

»Ja!«, schrie Clarissa. »Jaaa!«

Sie heulte los, fing zu reden an. Alles sprudelte aus ihr heraus. Die Demütigungen durch die Kolleginnen und letztlich auch durch Dunja, das provokativ neutrale Verhalten des Chefs, die versteckten Vorhaltungen ihres Mannes, sie solle mehr aus sich machen, sie solle sich ihre Freundin als Vorbild nehmen, das letzte Gespräch mit Dunja gestern Abend, deren gehässiges Lachen, als sie sie zur Rede gestellt hatte, und wie Clarissa schließlich ausgeflippt war, der Freundin die Tasche ins Gesicht gehauen und ihr einen festen Stoß in den Magen versetzt hatte, und wie Dunja auf ihren hochhackigen Schuhen nicht mehr das Gleichgewicht halten konnte und nach hinten gekippt war, wie sie mit ihrem Hinterkopf zuerst auf die Türklinke und, nachdem die Toilettentür aufgesprungen war, auf die Kloschüssel geknallt war, wie Dunja aufgeschrien hatte und wie plötzlich Blut aus ihrem Ohr gequollen kam, wie irgendwann der Henkel ihres Täschchens am Türgriff hängengeblieben und zerrissen war, wie das Täschchen neben dem leblosen Körper ihrer Freundin auf dem Boden lag, der Inhalt drumherum drapiert, als verziere er eine irreale Theaterszene, und wie Clarissa es letztlich

mit der Angst zu tun bekommen hatte und fluchtartig davongerannt war.

Clarissa jammerte, klagte und schluchzte, sie
bebte und zitterte und konnte sich nicht mehr be-
ruhigen. Was war denn so falsch daran gewesen,
sich zu verteidigen? Und Martin. Und ihre Ehe. Ja,
sie hatte richtig gehandelt. Dunja war diejenige, die
Mist gebaut hatte.

»Wir haben einen Zettel gefunden«, sagte
Hauptkommissar Feiler mitten in ihre selbstbemit-
leidenden Gedanken hinein. »Ihre Freundin lebte
noch, als Sie sie zurückließen.«

Clarissa schniefte und schüttelte zweifelnd den
Kopf.

»Möchten Sie wissen, was sie notiert hat?«

Die nun ganz sanfte Stimme und das milde Lächeln des Beamten irritierten Clarissa. Sie schwieg.
Überlegte. Was könnte dieses Aas denn noch geschrieben haben?

Hauptkommissar Feiler zauberte mit geübtem
Griff eine kleine Plastiktüte aus seinem Sakko und
hielt sie mit spitzen Fingern in die Höhe.

Clarissa erkannte darin einen gelbmarmorier-
ten Zettel. Dunja hatte immer solche Zettel bei sich
gehabt, und sie dufteten nach Vanille.

Der Zettel in der Tüte war unverkennbar einer
von Dunjas Notizblock, obwohl Clarissa nicht an
ihm riechen konnte und er ekelhaft rostbraun ver-
schmiert war.

Feiler senkte seinen Blick und las vor: »»Mit M
Party geplant.‹« Er schaute auf. »Wer ist ›M‹?«

Der Blick des Hauptkommissars durchlöcherte Clarissa regelrecht. Dennoch schwieg sie.

Er drehte das Tütchen herum, und sie konnte die Buchstaben sehen, schwarz und krakelig. Wohl mit dem Eyeliner geschrieben. Dunja hatte so einen schwarzen, pechschwarzen. Überhaupt, ihre Augen waren immer viel zu schwarz ummalt gewesen, passten so gar nicht zu ihrem adretten kastanienroten Kurzhaarschnitt, egal wie oft Clarissa ihr das gesagt hatte. Aber so war sie halt gewesen – stur bis zum Abwinken.

»›M‹ ist Martin! Ihr Mann. Stimmt's?«

Die Kripobeamtin lehnte mit verschränkten Armen am Schreibtisch und lauerte erwartungsvoll.

Mein Gott! Was fragte die denn so blöd, wenn sie es ohnehin wusste?

Von einem Moment zum andern schien alles so anders und gleichzeitig so klar zu sein. Ihr Mann und ihre beste Freundin hatten sich getroffen, um gemeinsam eine Überraschungsparty zu planen. Obwohl sie klipp und klar verkündet hatte, ihren Dreißigsten keinesfalls groß feiern zu wollen. Wie hätte sie das auch ahnen können?

Aber warum hatte Dunja sich derart verletzend verhalten? Hatte sie heimlich ein Auge auf Martin geworfen? Oder hatte sie sich zu sehr in die Enge getrieben gefühlt und wollte einfach nur von ihrer Überraschung ablenken?

Sie hätte Dunja gerne gefragt. Nun war es zu spät.

Clarissa hob langsam den Kopf und schaute zu Hauptkommissarin Riehl auf.

»Ich wollte Dunja nicht töten. Wirklich! Sie war doch meine allerbeste Freundin. Muss ich jetzt ins Gefängnis?«

Die Kriminalbeamtin atmete hart durch.

»Sie haben den Tod Ihrer Freundin billigend in Kauf genommen.«

Ihr Blick strahlte erbarmungslose Kälte aus.

Grausig der Anblick, hängt still am Gestell,
ist es aus Plastik oder gar echt?
Mädchen erschauern, Jungs finden es geil.
Gruselgerippe, wem wird da nicht schlecht?
Knochen, sie sind sicher alt, doch noch heil,
Nerven, sie liegen blank, das wohl zu Recht.
Ernst Merz

BIOLOGIE MIT SCHLINKE

AUS DEM TAGEBUCH VON ROSANN FEILER

Die Ferien haben sich rasant verabschiedet. Jedes Jahr das gleiche unfassbare Phänomen. Nun sitze ich mit den alten Klassenkameraden im neuen Klassenzimmer in Erwartung dessen, was das zehnte Schuljahr bringen mag.

Unser Klassenlehrer verteilt den Stundenplan. Liefert den ersten Schock gleich mit. Unsere Lieblingslehrerin, Frau Lahn, ist in den Ferien erkrankt, weshalb wir den Schlinke in Bio kriegen. Genügt anscheinend nicht, dass er uns letztes Jahr in Erdkunde volllabern durfte.

Meine Laune sinkt auf Level Null.

STUNDE 1 MIT SCHLINKE

Der Schlinke kommt herein. Ein echter Griffelspitzer mit friedhofsblonder Mähne, noch weniger gepflegt als vor den Ferien. Liegt bestimmt daran, dass seine Margot, also unsere Frau Lahn, irgendwo herumpennt und ihn nicht umsorgen kann. Hat der abgewrackte Pauker ohnehin nicht verdient. So eine taffe Frau. Die sollte eine Karriere als Model anpeilen und sich nicht hinter komplexen Formeln, sensiblen Elektronenmikroskopen, präparierten Viechern und klappernden Gerippen verstecken. Aber das sei ihre Leidenschaft, hat sie einmal geäußert, Biologie und Chemie. Und das ist auch mein Glück bisher gewesen. Denn bei ihr kapier ich alles auf Anhieb.

Nicht so beim Schlinke, ein autoritärer Besserwisser, ein penibler dazu. Alles muss nach Schema F gehen, alles nach Plan, und wehe, es zwängt sich was dazwischen oder jemand tanzt nicht nach seiner Pfeife, da kann er einem ganz schön einheizen.

»Guten Morgen, zusammen!«, bellt er gleich zur Begrüßung los. »Wie Sie mittlerweile wissen dürften, vertrete ich Frau Lahn bis zu ihrer Genesung. Ich erbitte ein respektvolles Miteinander. Und wenn Probleme anstehen, unverzüglich bei mir antreten! Probleme sind zum Ausmerzen da.«

Dann wendet er sich mir zu.

»Und Sie, Rosann, übernehmen bitte wieder die Ordnungsaufsicht und gehen mir zur Hand, wenn wir Experimente und so weiter durchführen. Frau Lahn hat sich dahingehend geäußert, dass Sie das zuverlässig und auch gerne tun.«

Mir bleibt nichts andres übrig, als zu nicken. Ja, mit Frau Lahn hat alles immer reibungslos geklappt und auch wirklich Spaß gemacht.

Aber mit dem Schlinke?

»Wann kommt denn Frau Lahn wieder?«, wagt Alex, unser Klassensprecher, zu erforschen.

Kassiert dafür einen finsteren Blick.

»Sie erhalten mit Sicherheit rechtzeitig Bescheid!«, schnauzt Schlinke zurück.

Richtet sich flugs erneut an die Klasse.

»Na, ist den Herrschaften etwas aufgefallen?«

Er breitet für einen kurzen Moment seine Arme auseinander, als wolle er einen Segen ablassen.

»Abgesehen davon, dass alles so wunderbar renoviert wurde?« Seine Blicke hüpfen erwartungsvoll umher.

Ich schaue mich um, die andern schauen sich um. Unsichtbare Fragezeichen schweben über unseren Köpfen.

Schlinke steckt seine Hände in die Hosentaschen und schreitet durch die Reihen. Seine lauernde Visage geht mir gehörig gegen den Strich.

Da fällt mein Blick ins hintere Eck. Das ist leer. Dort steht nichts. Mein Herz macht einen Freudensprung.

»Ich glaube«, dröhnt Schlinke los und deutet auf meine Wenigkeit, »die Rosann hat's bemerkt: Ja, unser geliebtes Schulskelett hat sich verabschiedet.« Er lacht meckernd. Wendet sich dabei wieder der Allgemeinheit zu.

»Als die Arbeiter das Inventar in den Keller umgeräumt haben, ist ihnen der Knochenmann aus den Händen gerutscht und das Treppenhaus hinabgestürzt. Dabei ist er in tausend Teilchen zerbröselt. Außerordentlich schade. Möge er in Frieden ruhen.«

Ich möchte vor Glück an die Decke springen.

STUNDE 2 MIT SCHLINKE

»Stellen Sie sich vor«, beginnt der Schlinke und schwellt seine aufgedunsene Brust, »ich habe in die Wege geleitet, dass die Schule ein neues echtes Skelett erhält.«

»Oh, nein!«, entfährt es mir. Werde sogleich mit einem bösen Blick bedacht.

Aber aufgrund meines Klassenbesten-Bonuses brauche ich mir keine Sorgen wegen möglicher Sanktionen zu machen. Deshalb nehme ich all meinen Mut zusammen und frage:

»Warum darf es denn kein künstliches sein?«

Schlinke kriegt einen feuerroten Kopf.

Ich bleibe gelassen, mein Status schützt mich wie ein gläsernes Panzerschild. Sehe den Schlinke durchatmen.

»Echt ist echt und Plastik ist Plastik!«, definiert er äußerst wissenschaftlich fundiert. Und als er unsere zweifelnden Blicke sieht, ergänzt er: »Ein künstliches Skelett ist niemals so authentisch wie ein echtes. Es kann keine Geschichte erzählen. Es hat nicht *gelebt*.«

Schon klar. Logisch. Deshalb wäre mir ein künstliches auch lieber.

»Und es klappert nicht so schaurig wie ein echtes«, gebe ich von mir und wundere mich über meinen Mut.

Da verzieht der Schlinke seinen Mund zu einem amüsierten Schmunzeln. Wusste gar nicht, dass er zu solch einer Regung fähig ist.

Ich kriege eine Gänsehaut.

STUNDE 3 MIT SCHLINKE

Ich genieße die noch skelettlose Zeit. Genieße sie ohne die bohrenden Blicke leerer Augenhöhlen in meinem Genick und vertiefe mich in die neue Materie »Genetik – Reproduktion und Vererbung«. Zwar der Stoff des zweiten Halbjahres, doch Schlinke meint, ein Tausch mit dem ursprünglichen Thema »Ökosysteme« erschiene ihm sinnvoll. Nun ja, kein Grund, ihm zu widersprechen.

»Wie geht es denn Frau Lahn?«, unterbricht ihn Alex.

Immerhin wohnen die beiden Lehrer zusammen, sind schon viel zu lange ein Paar, also wird man sich ja mal erkundigen dürfen.

Denkste!

Dem Schlinke glüht erneut die Birne. Seine bleichen Haare schimmern wie durchscheinender Alabaster, er hechelt nach Luft, die Adern an Hals und Stirn quellen gefährlich hervor, er schmeißt die Kreide auf die Leiste unter der Tafel und verlässt schnaubend die Klasse. Eine Krankmeldung folgt.

Voll krass.

STUNDE 4 MIT SCHLINKE

Er ist wieder da! Nach acht viel zu kurzen Wochen. Blank rasiert und mit rosigen Wangen steht er vor uns. Sein Haar ist gestutzt und wirkt dunkler. Schlinke zeigt sich nicht nur erholt und zufrieden, sondern strömt eine Vitalität aus wie nie zuvor.

Ich hege die Hoffnung, dass es mit der Lahn aufwärts geht, und setze gerade an, ihn behutsam nach ihr zu fragen, als Alex diesen Akt übernimmt. Provozierend direkt.

»Geht es Frau Lahn besser? Kommt sie bald zurück?«

Er erhofft sich womöglich einen weiteren Totalausfall Schlinkes. Von wegen. Schlinke präsentiert ungewohnte Ausgelassenheit.

»Ja, meiner lieben Margot geht es viel besser. Aber so schnell wird sie noch keinen Unterricht halten können, denn sie hat Sonderurlaub eingereicht und ist zur Erholung ins Ausland gefahren.«

»Was hat sie eigentlich?«, setzt Alex nach.

Vergebens.

Schlinke ist bereits auf dem Weg ins Nebenzimmer, unserem Depot. Ob er dort seinem nächsten Herzanfall erliegt?

Wir warten gespannt.

»Und nun«, hören wir Schlinke laut sagen, während er sich wieder der Tür nähert, »folgt der Höhepunkt der heutigen Stunde! Die Premiere des Tages!«

Er schiebt ein Knochengerüst herein. Ein ziemlich großes. Gefolgt von einer ominösen Duftwolke.

»Von mir gesponsert!«, erläutert er mit hochgestreckter Nase, während er es neben der Tafel platziert.

»War das eine Frau oder ein Mann?«, wage ich leise zu ermitteln.

»Eine Dame!«, erklärt Schlinke geduldig und extrem gut gelaunt.

Alex, der einfach seine Klappe nicht halten kann, lästert: »Eh! Das ist wohl die Claudia Schiffer!«

Und alle lachen blöd.

Sogar Schlinke. Der geht doch sonst immer zum Lachen in den Keller.

Da sehe ich, wie er sanft über die Handknochen des Skeletts streichelt. Vermutlich fehlt nicht viel, und er würde ihm seinen Arm um die Knochenschultern legen. Dazu dieser bescheuerte Blick. Absolut widerwärtig, wie er den Schädel anhimmelt.

Der Schlinke ist ein totaler Psycho. Fühlt garantiert besondere Verbundenheit aufkommen, nachdem er seine Kohle so sinnlos dafür verplempert hat.

Mir kommt gleich das große Kotzen.

Bin froh, als es gongt.

STUNDE 5 MIT SCHLINKE

Wir alle kichern dezent, als Schlinke das Skelett vom hinteren Eck herholt und es neben sein Pult drapiert. Möchten gern an einen Scherz glauben.

Die menschliche Anatomie haben wir letztes Jahr dran gehabt. Jetzt geht es um DNS, Zellen, Chromosomen und solches Zeug. Dies weist die Knochenfrau sichtlich nur noch in abgespeckter Form auf. Jedoch dem Schlinke scheint es wichtig zu sein, dass sie den Unterricht an seiner Seite begleitet.

Wie sie mich angrinst. Geradezu höhnisch. Dazu der Geruch. Am liebsten würde ich davonlaufen.

Mit einem Mal posaunt Schlinke los:

»Ab sofort bezeugen wir der Verblichenen unseren Respekt, indem wir ihr einen Namen geben. Wir werden sie *Mina* nennen. Immerhin gibt es nicht allzu viel Menschen, die ihren Körper der Wissenschaft zur Verfügung stellen.« Und dann der Gipfel: »Wer sich weigert, kriegt eine Strafarbeit!«

Jetzt ist er völlig durchgeknallt, hat sich wohl zu oft *Dracula* einverleibt, geht es mir durch den Kopf. Dieser Blutsauger hat ja auch einer Mina nachgestellt.

Alex gackert feixend auf, und Schlinke verdonnert ihn kurzerhand zum Abstauben des Skeletts. Jeden Freitag nach dem Unterricht. Einen Monat lang. Pfui Teufel!

Nun hält mich nichts mehr. Zu Hause erzähle ich alles meinen Eltern.

Mama meint lapidar:

»Schatzilein, das geht alles vorüber.«

Und als sie meine Enttäuschung sieht:

»Ich weiß, er ist ein Choleriker. Wir haben darüber am Elternabend gesprochen. Ist ja nicht mehr lang.«

Paps hört mir genau zu, zwar stirnrunzelnd, will aber alles bis ins Detail wissen.

Ein Stein rutscht mir vom Herzen.

Mina steht neben dem Pult. Glotzt fies in die Klasse. In einem fort. Jedem einzelnen direkt in die Augen.

Lachen, kichern, gackern tut jetzt keiner mehr. Jeder versucht verkrampft, den belehrenden strengen Worten Schlinkes zu lauschen, sich Notizen zu machen und die toten Blicke des Skeletts auszublenden.

Was mir nicht gelingt, denn ich muss es immerzu anstarren. Es steht mir ja auch gegenüber. Zwischen uns lediglich mein Tisch und der Gang vorm Pult. Pech, wenn man in der ersten Reihe sitzt.

Auf einmal sehe ich um Minas Halswirbel etwas aufblitzen. Ich traue meinen Augen kaum und schaue genauer. Erkenne ein goldenes Kettchen. Kann mich nicht mehr abwenden.

Bin hypnotisiert.

Hat Schlinke ihr das umgehängt? Mir wird es heiß und übel. Niemand sonst würde sich das trauen. Oder?

Schlinke stockt mitten im Satz, fixiert erst mich, dann das Gerippe und wird puterrot im Gesicht.

»Was soll das?«, schreit er. Bitterböse.

Reißt das Kettchen ab.

Das Skelett übersteht das unbeschadet, es wackelt nur ein wenig. Spricht für beste Knochenstabilität.

Schlinke steht drohend vor unserer Klasse.

Nicht nur ich, auch die anderen schauen verdutzt drein. Sogar Alex, der vorlaute, dem ich diese Schmähung zutrauen würde.

Schlinke steckt das Kettchen in seine Sakkotasche und atmet tief durch. Beruhigt sich ein wenig.

»Ihr seid unverbesserliche Kindsköpfe«, brummelt er und setzt ein schräges Grinsen auf.

Sogleich führt er den Unterricht weiter, als sei nichts geschehen.

Und ich weiß so viel wie vorher. Will mir später unbedingt Alex vorknöpfen. Aber so, wie der schaut, zweifle ich an seiner Täterschaft.

Ich komme ins Grübeln.

STUNDE 7 MIT SCHLINKE

Nichts ist mehr, wie es sein sollte. Trotz des Ratschlags meiner Eltern, Mina zu ignorieren, kann ich nicht so tun, als wäre alles im Lot. Keiner meiner Klassenkameraden bringt das fertig. Es ist betreten still, und das sicher nicht, weil sich alle auf den Unterricht konzentrieren.

Wie denn auch, wenn Mina einen andauernd anstiert. Gehässig. Böse. Diabolisch.

Ich überlege, wie wohl die anderen Klassen damit umgehen. Muss mich dahingehend dringend umhören.

Schlinke quatscht in einem fort und dreht unnatürlich auf. Weicht vom eigentlichen Thema ab und widmet sich einem überaus unappetitlichen: dem Skelettieren. Versinkt gänzlich in seinem Element, scheint alles um sich herum auszublenden. Lächelt Mina ständig zu. Als müsse er *sie* über alles informieren. Als wäre *sie* seine ganz private Schülerin. Erzählt dabei horrormäßige Storys von »Ufer-

Totengräbern« und präsentiert uns Bilder von diesen pechschwarzen Aaskäfern.

Angewidert schaue ich zum Fenster hinaus. Sehe Fahrzeuge vorm Schulgelände halten. Streifenwagen sind auch dabei. Ist offenbar wieder eine Drogenrazzia fällig.

Schlinke wechselt abrupt das Thema. Gewinnt im Nu meine Aufmerksamkeit, denn er berichtet zum ersten Mal von seiner Margot, der es anscheinend merklich besser geht, weshalb sie bald zurückkommen soll. Referiert dazu über seine Reise ins südenglische Moor und will gerade ansetzen zu erklären, warum die Lahn im ach so schönen Urlaub malade geworden ist.

Schon driftet er aufs Neue ab. Schwärmt über die Faszination der Moorleichen und warum ihnen nicht das Fleisch von den Knochen fällt. Schildert das stark saure Milieu der Torfmoose, die wegen des Zusammenwirkens von dreierlei Effekten eine perfekte Konservierung bewirken.

Plötzlich geht die Tür auf. Der Direktor kommt ins Klassenzimmer. Mit ihm zwei Männer.

Der große, stabile ist mir gut bekannt. Er beachtet mich jedoch nicht und geht schnurstracks auf Schlinke zu.

Draußen im Gang sehe ich Uniformierte stehen.

Dann geht alles sehr schnell.

»Herr Alfons Schlinke?«, fragt der Stabile.

Hält ihm seinen Ausweis vor die Nase.

Schlinke nickt. Er wirkt überrascht, geradezu überrumpelt.

»Ich bin Hauptkommissar Feiler von der Kripo Pforzheim.«

Schlinke wird schlohweiß im Gesicht.

»Wir verhaften Sie wegen des dringenden Tatverdachts, Ihre Lebensgefährtin Margot Lahn getötet zu haben.«

Schlinke versucht aufzubegehren, schaut sich um, als wolle er in den Nebenraum entfleuchen. Ruckzuck flankieren ihn zwei Uniformierte.

»Bitte verhalten Sie sich ruhig und begleiten Sie uns«, verlangt nun der Hauptkommissar. Legt dem Schlinke Handschellen an.

Wir alle sind mucksmäuschenstill. Niemand scheint zu atmen. Es geschieht schließlich nicht jeden Tag, dass ein Lehrer als Mörder verhaftet wird. Kein Krimi der Welt kann dieses grandiose Szenario einem so nahebringen, als wenn man es leibhaftig miterlebt.

Eine Frau und ein weiterer Mann in Zivil drängen herein und stürmen auf das Gerippe zu. Die werden das doch nicht auch noch verhaften wollen, saust es mir sarkastisch durch den Kopf.

Da wendet sich der Hauptkommissar schon an den Direktor.

»Und das da«, er deutet auf Mina, »nehmen wir gleich mit.«

Ich falle aus allen Wolken. In eine brutale Realität. Statt froh zu sein, endlich das Skelett loszuhaben, packt mich die blanke Bestürzung über die grauenvolle Wahrheit, die sich erbarmungslos abzuzeichnen beginnt.

Bevor mein Vater mit dem geknickten Schlinke im Schlepptau das Klassenzimmer verlässt, blinzelt er mir kurz zu.

Tja, wenn er mich nicht hätte.

Ich seufze auf. Zufriedenheit und Genugtuung erobern mein Herz.

Schluss mit Schlinke!

TOD IM GEWÄCHSHAUS

Mein Name ist Ruth Braun, und ich bin fünfzig Jahre alt. In meinem Alter feiern die meisten Paare Silberhochzeit, doch ich bin erst sieben Jahre verheiratet. Ich bin fleißig, ordnungsliebend und bedingungslos treu.

Ansgar, mein Mann, ist genauso alt wie ich und wandelte als trauender Witwer durch die Welt, als wir uns kennenlernten. Ich war mit Leib und Seele Kundenberaterin der Sparkasse und Ansgar mein ganz persönlicher Kunde. Bei mir war es Liebe auf den ersten Blick, bei Ansgar vermutlich willkommene Trauerbewältigung, und wir verabredeten uns nicht nur regelmäßig, sondern heirateten sogar ein halbes Jahr später.

Vielleicht hätte Ansgar sich nicht so überstürzt auf eine neue Ehe eingelassen, wenn er nicht dringend eine neue Frau an seiner Seite benötigt hätte. Und ich gebe zu, ich war gern die dringend benötigte Frau an seiner Seite. Ansgar sieht gut aus, ist geschäftstüchtig, zuvorkommend und hilfsbereit. Leider schaut er auch gerne mal manch holder Weiblichkeit nach.

Natürlich hatte er diese Leidenschaft zu Beginn unserer gemeinsamen Zeit nicht so deutlich zur Schau gestellt, immerhin war seine Trauerzeit noch nicht vollständig abgeschlossen gewesen. Doch je mehr Jahre ins Land zogen, umso weniger verbarg er seine schamlosen Blicke.

Aber mich als erfahrene, selbstbewusste Frau im Zenit ihres Lebens kann nichts so leicht aus der Bahn werfen.

Zumindest bis jetzt.

Ansgar ist der Inhaber einer großen Gärtnerei im Enzkreis, hat einen guten Ruf im Pforzheimer Umland und das Wichtigste: Er ist ziemlich vermögend. Zwar sind da noch zwei inzwischen erwachsene Kinder aus seiner ersten Ehe, jedoch mit ihnen gibt es keine Probleme. Ich bin es schon seit meiner Ausbildung gewohnt, auf Menschen zuzugehen, Sympathie aufzubauen und Gespräche richtungsweisend zu führen. Ich bin die geborene Geschäftsfrau, und Ansgar hat mir ein neues, unschätzbar wertvolles Leben geschenkt. Dafür bin ich ihm dankbar. Dafür drücke ich gern mal ein Auge zu – bis zu einer gewissen Grenze natürlich.

Um Ansgar eine fachkundige Partnerin sein zu können, gab ich gleich nach der Hochzeit meinen sicheren Arbeitsplatz auf und sattelte um auf Floristin. Blumen und allem Grünzeugs, was üblicherweise einen Garten zieren, bin ich ohnehin zugeneigt, so fiel mir das überhaupt nicht schwer. Nach den vielen Jahren des Herumjonglierens mit Zahlen und Fakten und störrischen Kunden kam es mir vor, als hätte mich ein Engel mitten ins Paradies gesetzt.

Vorletztes Jahr hatten Ansgar und ich – in diesem Fall vornehmlich ich – die Idee, Studentinnen die Chance auf etwas Eigenverdienst zu geben und stellten seither regelmäßig eine zur Aushilfe ein. Als mir auffiel, wie mein Mann die jungen Frauen immer öfter umgarnte, akzeptierte ich es schweren Herzens als Midlife-Crisis-bedingten Übermut.

Bis Julia auftauchte.

Vor vier Wochen stand Ansgar mit ihr im von mir eigengeführten Blumenladen, sein Arm ruhte auf ihrer Schulter, und stellte sie als neue Aushilfe vor. Augenblicklich entwickelte sich in mir ein Gefühl, das ich in dieser Intensität bisher nicht gekannt hatte: blanke, perfide Eifersucht! Ich sah nur noch den närrischen Ansgar, wie er viel zu oft im Laden erschien, wie er um Julia herumscharwenzelte, wie er sie anhimmelte und ständig lobte.

Ja, sie war leider unbeschreiblich hübsch, jedoch unzuverlässig, trug hemmungslos aufreizende Kleidung, und egal, was ich sagte, sie erdreistete sich immer, das letzte Wort für sich in Anspruch zu nehmen.

Ihre Arroganz stieg in dem Maß, wie sich mein Hass auf sie steigerte.

Julia sollte nur für eine begrenzte Zeit in unserer Gärtnerei tätig sein. Jetzt ist diese Zeit schneller abgelaufen als geplant. Denn sie liegt tot inmitten des Gewächshauses, die Arme weit von sich gestreckt, die leeren Augen hinauf ins ferne Jenseits gerichtet, und in ihrem Hals steckt meine handlich kleine Blumenschere.

Mein Blick haftet auf ihr, schon viel zu lang, ich weiß nicht, ob ich schreien oder davonlaufen soll und entscheide mich für das Davonlaufen. Es ist bereits nach Feierabend und das Gelände ohnehin verlassen.

Ich haste hinüber ins Haus, in die Waschküche, entledige mich der Arbeitskleidung, schreite in anmutiger Trance die Treppe hinauf, werfe einen Blick in die Küche.

Ansgar ist gerade dabei, das Essen zu richten, er pfeift vergnügt vor sich hin. Richtig gut sieht er aus, er könnte glatt mit Harrison Ford in dessen besten Jahren konkurrieren.

»Fertig?«, fragt Ansgar und schaut lächelnd auf.

Er ist der perfekte Hobbykoch, und das ist auch ideal, denn Kochen liegt mir nicht. Das Nötigste bekomme ich hin, aber auf Experimente habe ich mich diesbezüglich nie gern eingelassen. Ist mit Ansgar ohnehin nicht nötig.

Ich lächle zurück, und eigentlich hätte ich ihm ins Gesicht sagen sollen: »Ich hatte einen kleinen Disput mit Julia, doch jetzt ist alles geklärt!«

Stattdessen sage ich nur:

»Ich komme gleich. Bin schon richtig hungrig.«

Der Duft brutzelnder Koteletts attackiert meine Geruchsnerven, der bunte Salat in der gläsernen

Schüssel schreit förmlich danach, von mir vertilgt zu werden, und der blutrote Wein im schlichten Stielglas erweckt eine tiefgründige Gier in mir.

Schnell schlage ich die Tür zu, renne ins Bad. Das heiße Wasser reinigt nicht nur meine Haut, auch sämtliche Widrigkeiten scheinen sich in den Abfluss zu verabschieden und bringen den letzten Funken Schuldgefühl zum Erlöschen.

Der Abend mit Ansgar sprengt alle Erwartungen. Ich fühle mich frei und verliebt wie an den Tagen nach unserer ersten Begegnung. Bei einem Glas des mundenden Württembergers bleibt es nicht, und meine leidenschaftliche Erregung überträgt sich auch auf Ansgar.

Wir genießen das Essen, wir räumen die Küche auf, unsere Spannung immer im Augenmerk behaltend.

Ich benehme mich nicht mehr wie ich selbst. Bin eine andere und fühle wie ein junges Mädchen, das einen verheirateten Mann verführt. Ich bin mir fremd, es erschreckt mich einerseits, macht mich glücklich andererseits. Ich bin beschwingt und leicht, und wir verleben die vermutlich schönsten Stunden.

Tief im Innern bin ich mir im Klaren, dass sich diese Stunden wohl nie mehr wiederholen lassen werden.

Am Morgen wecken mich laute Stimmen, begünstigt durchs gekippte Fenster. Ansgar ist dem Anschein nach dabei. Sein Bett ist leer, er steht meistens mehr als eine Stunde vor mir auf. Seine Stimme dringt zu mir herein.

Ich atme durch und stehe auf, schließe das Fenster im Schlafzimmer, das Fenster im Wohnzimmer und schenke dem Dutzend fremder Menschen dort unten vorm Gewächshaus keine Beachtung.

Ich richte mich in aller Ruhe her, kleide mich an, Jeans mit schicker Bluse, und öffne wie jeden Tag meinen geliebten Blumenladen im Erdgeschoss unseres Hauses. Freudig lasse ich mich von der bunten Pracht empfangen.

Meine Arbeitshandschuhe liegen nicht auf ihrem Platz, nur kurz streife ich die Überlegung, wohin ich sie gestern in meiner Erregung getan haben könnte.

Ich beginne mit der Arbeit, schaue nach den kleinen Köpfchen, zupfe hier und dort welke Blätter und Blüten, gieße Wasser nach oder tausche aus und summe ausgelassen, ja, so richtig befreit vor mich hin.

Die Türglocke bimmelt, ein Mann tritt ein. Er hat kurz geschorenes Haar und ist mindestens zwei Kopf größer als ich.

»Guten Morgen! Sie wünschen?«, frage ich betont fröhlich und schenke ihm mein bestes Kunden-Anmache-Lächeln.

»Guten Morgen! Ich bin Hauptkommissar Eric Feiler von der Kriminalpolizei Pforzheim.« Er erspart sich jegliche Gefühlsregung und zückt seinen Ausweis. »Ihr Mann sagte mir, dass ich Sie hier finden kann.«

»Ist etwas passiert?« Theatralisch halte ich eine Hand vor den Mund. »Der ganze Auflauf hinten in der Anlage! Aber ich musste ja den Laden öffnen.«

Eine Entschuldigung ist angebracht, jede normale Frau hätte sich angestaut mit lüsterner Neugier zu neunundneunzig Prozent dem Pulk hinzugesellt.

»Leider muss ich Ihnen mitteilen, dass Ihre Mitarbeiterin Julia Frobel tot im Gewächshaus aufgefunden wurde. Sie fiel allem Anschein nach einem Gewaltverbrechen zum Opfer. Einen Unglücksfall können wir nach bisheriger Indizienlage praktisch ausschließen.«

»Oh, Gott!« Ich presse beide Hände gegen mein Herz und gebe mein Bestes, um richtig entsetzt zu wirken. Was mir gut gelingt. »Wie konnte das denn passieren? Die arme Julia!«

»Wissen Sie, ob Frau Frobel Feinde hatte?«

»Nein, leider nicht.« Ich schluchze kläglich. »Dazu kannte ich sie zu wenig. Aber sie war mir eine so große Hilfe! Und immer nett und freundlich.«

Ich muss aufpassen, darf nicht zu dick auftragen, also höre ich mit dem Geschluchze auf, tupfe mit dem Handrücken über meine Augen.

»Bitte, schließen Sie jetzt den Laden und warten Sie in Ihrer Wohnung. Ich werde später nochmals auf Sie zukommen.«

Damit beendet Hauptkommissar Feiler seinen Dialog mit mir, verlässt den Laden, und ich folge seiner Anweisung.

Vom Wohnzimmer aus überblicke ich unser Anwesen. Es ist bestückt mit unzähligen Pflanzen, Sträuchern und jungen Bäumen, allesamt liebevoll aufgezogen, und alle in Lauerstellung auf ein neues Zuhause. Im Hintergrund steht das prächtige Gewächshaus, das wir erst im vergangenen Herbst neu errichten ließen, das alte hatte ausgedient.

Davor tummelt sich jetzt die Meute unbekannter Gesichter, alle erpicht darauf, in Erfahrung zu bringen, was gestern am frühen Abend geschah.

Meine Augen folgen dem Treiben. Still, professionell, unheimlich, die Geräusche ausgesperrt. Pantomimengleich bewegen sich Polizeibeamte in Uniform, in Zivil, einige mit Metallkoffern. Wirken wie Akteure in einem Krimi. Dazu zwei Sanitäter, ein Mann in Weiß, vielleicht ein Arzt. Eine schwarze Limousine schiebt sich rücklings ins Blickfeld, tastet sich durch den schmalen Hauptweg in Richtung Gewächshaus.

Eine Vorstellung, als wäre sie nur für mich arrangiert. Als wären sie alle Schauspieler und hätten diese Inszenierung für diesen einen Moment einstudiert. Eine ganz private, schaurige Tragödie.

Wie Käfer schleichen sie auf den Wegen zwischen den Rabatten umher, treffen sich auf dem freien Platz vor dem Gewächshaus, gehen hinein, kommen heraus, tauschen sich aus, tappen hin und tappen her, die Kofferträger jetzt vermummt in weißen Schutzanzügen, als wappneten sie sich gegen gefährlich heimtückische Viren.

Ein wahrhaft sehenswertes Spektakel.

Und alles nur wegen der Julia, die da im Gewächshaus liegt, schön, still und kalt.

Vielleicht hat sie Glück und kann von irgendwoher da oben das Schauspiel beobachten, kann es begutachten oder kritisieren, kann aufreizend gackern oder posaunen, keiner würde mehr darauf hereinfallen oder gar ihren Reizen erliegen, jetzt tief verborgen unterm weißen Himmelsgewand.

Ich sehe den Kriminalhauptkommissar mit meinem Mann sprechen, Ansgar fuchtelt aufgeregt herum, sehe zwei der koffertragenden Beamten auf unser Haus zukommen, und mir wird heiß.

Respektlos wühlen und stöbern sie sich von Zimmer zu Zimmer, frech und ohne jegliche Achtung vor persönlichem Hab und Gut. Nichts, rein gar nichts bleibt den Spurensuchern verborgen.

Jetzt beglückwünsche ich mich insgeheim, vergangene Nacht die Schmutzwäsche noch rasch versorgt zu haben, nachdem Ansgar eingeschlafen war.

Nach der penetranten Durchsuchung beordert mich einer der Kripobeamten ins Gewächshaus. Unsere drei Arbeiter stehen zwischen den Pflanzenkästen herum, ihre hilflos herumirrenden Blicke können mir garantiert kein Mitleid abringen.

Mein Ansgar steht dabei, er wirkt gebrochen. Seine ganze männliche Pracht und Glorie ist abgefallen und irgendwohin verschwunden. Der Arme. Geschieht ihm recht, warum musste er denn jedem Weiberrock nachstieren.

Ob sie ihn verdächtigen?

Oder einen unserer Arbeiter?

»Kommen Sie bitte näher«, sagt Hauptkommissar Feiler.

Ich wage mich fast bis an die mit Kreide umrissene Stelle heran. Feiler steht dahinter.

Dort, wo Julias Hals gelegen hat, erkenne ich eine dunkle Stelle. Eingetrocknetes Blut. Ekelhaft. Trotzdem werde ich Julia nicht nachtrauern. Verdient ist verdient, und wenn es der Tod ist.

»Frau Braun, wie lang war Julia Frobel gestern Abend bei Ihnen im Laden?«

»Bis achtzehn Uhr.«

Mein Blick streift Ansgar, er starrt auf den Boden. Verspricht er sich dort Hilfe?

»Hatte sie dann Feierabend?«, fragt Hauptkommissar Feiler weiter.

»Ja«, sage ich und schaue dem Beamten fest in die Augen. »Aber bevor sie ging, sollte sie noch eine Palme hierher bringen.«

»Vermissen Sie Ihre Blumenschere?«

Feiler lächelt mich an.

»Meine Schere? Ich habe sie heute noch nicht benutzt«, sage ich vorsichtig.

»Ihr Mann meinte, Ihre Blumenschere sei Ihnen heilig, Sie würden immer darauf bestehen, sie im Laden zu belassen. Stimmt das?«

»Ja, natürlich! Hier gibt es ja genug Werkzeug.«

Feiler macht einen Schritt in meine Richtung und hält mir eine klarsichtige Tüte vor die Nase.

»Ist das Ihre Schere?«

»Ja! Wie sieht die denn aus?« Ich zeige mich zutiefst erschrocken.

»Es ist die Tatwaffe! Jemand muss sie also hierher gebracht haben.«

»Vielleicht hat Julia sie sich angeeignet. Oder Ansgar ...«

»Red' keinen Unsinn!«, wirft Ansgar dazwischen, seine Augen kleben förmlich auf dem Boden.

Kann es sein, dass er – weint?

»Ich glaube, Sie waren Frau Frobel ins Gewächshaus gefolgt und haben die Schere mitgenommen«, sagt Hauptkommissar Feiler. »Hatten Sie bereits vor, sie zu benutzen? Hatten Sie Julias Tod geplant?«

»Nein!«, begehre ich auf. Ich hätte die blöde Schere nicht stecken lassen dürfen. »Es wäre ja ziemlich idiotisch, wenn ich meine eigene Schere für einen Mord verwenden würde. Ganz sicher will mir jemand diese Tat in die Schuhe schieben!«

»Hätten Sie denn ein Motiv?«, fragt Feiler.

»Sie suchen ein Motiv? Sie suchen *bei mir* ein Motiv? Die Schlampe hat doch jedem Mannsbild gehörig den Kopf verdreht. Da, schauen Sie sich die vier Herren an! Wer weiß, was sich da alles angebahnt hat!«

Mir wird es eng ums Herz, mein Blick fliegt hin und her. Ich entdecke nicht nur am Ausgang, sondern ebenso im Gewächshaus mehrere Beamte.

Sie scheinen auf mich zu lauern.

»Die Schere war außerdem nicht versteckt, jeder hätte sie holen können«, stoße ich aus und hoffe, das Verhör endlich in eine andere Richtung zu lenken.

»Ihr Mann hat ausgesagt, Sie seien sehr penibel. Das heißt, Sie achten nicht nur darauf, dass Ihre Schere, sondern auch Ihre Arbeitshandschuhe stets auf ihrem Platz im Laden liegen. Ist das wahr?«

»Ja, ich hasse die Sucherei.« Was will er jetzt mit den Handschuhen? »Trotzdem, jeder hätte sich im Laden mit meinen Utensilien bedienen können.«

»Hat sich denn jeder im Laden bedient?« Die kalten Augen des Hauptkommissars betonen seine Abneigung gegen mich.

»Nein, natürlich nicht. Jeder hätte es aber tun können.«

»Ihre Mitarbeiter gehen, wenn ich richtig informiert bin, nach Hause, bevor Sie den Laden schließen. Stimmen Sie dem zu?«

»Ja, meist schon.«

»Gestern doch auch? Sagte mir zumindest Ihr Mann.«

»Dann wird's wohl so gewesen sein. Ich achte nicht darauf. Ich arbeite im Laden, zusammen mit der Aushilfe.«

Warum hackt er nur so auf mir herum?

Auch Ansgar hätte ein Motiv gehabt, gekränkte Ehre oder so, schließlich hat sie ihn bis aufs Blut gereizt.

»Um es kurz zu machen«, resümiert der Hauptkommissar und reicht die Tüte einem Kollegen weiter, »Ihre Handschuhe hätten zusammen mit der Schere im dafür extra angebrachten Wandschrank hängen müssen, da ja keiner außer Ihnen diese Utensilien benutzt. Richtig?«

Ich nicke verhalten, zucke mit den Schultern.

Verdammt, warum habe ich nur so kopflos reagiert? Warum habe ich mich von dieser falschen Schlange derart provozieren lassen? Die angebliche Affäre mit Ansgar habe ich ihr sowieso nicht abgekauft. Ich habe genau gefühlt, dass sie mich nur verarschen wollte.

Hauptkommissar Feiler hält mir urplötzlich eine zweite Tüte vor die Nase. Mit meinen Handschuhen. Schmutzig geschwärzt, wie halt Arbeitshandschuhe nach getaner Arbeit aussehen.

Mir wird übel.

»Also«, versuche ich, das Unheil abzuwehren, »die muss mir auch jemand entwendet haben.«

»Wir fanden sie auf dem Regal oberhalb Ihrer Waschmaschine. Alles war perfekt gesäubert, nichts lag herum, nur diese Handschuhe.«

Die Augen des Kriminalbeamten durchbohren mich, ein Mundwinkel zuckt zynisch nach oben.

»Vergessen?«

Die Tüte baumelt vor meinen Augen, will mich hypnotisieren, mir die Seele aus dem Leib zerren.

Meine Knie zittern, die Hände schwitzen, und ich weiß nicht, ob Zorn oder Verzweiflung Besitz von mir ergreifen will.

Ja, vergessen!

Einfach vergessen, die blöden Handschuhe auszuziehen, bevor ich dieser Intrigantin ins Gewächshaus folgte.

Schlichtweg vergessen und sie später wohl ganz in Gedanken abgelegt.

Ich hätte die Handschuhe gleich heute früh suchen müssen und mich nicht meiner Euphorie hingeben dürfen.

Am besten, ich schweige.

Ich sage kein Wort mehr!

Steinbruch
Zertrümmerter Fels
Wildromantik mit Vogelgeschrei
Getaktete Schläge formen Figuren
Seelenidyll

STEINBESESSEN

AUS DEM TAGEBUCH VON ROSANN FEILER

Ferien! Die 11. Klasse geschafft, den Führerschein in der Tasche, und in zwei Wochen fliege ich mit meinen Eltern nach Teneriffa.

Zur Dämpfung meines Hochgefühls und sinnvollen Nutzung der Wartezeit gibt es einen Gutschein für einen Steinbildhauerkurs. Für Oma und mich! Nicht, weil ich eine Beschäftigungstherapie bräuchte, wie Mama mich zu besänftigen versuchte, sondern um Omas langgehegten Wunsch zu erfüllen.

Eine versprochene Taschengeldaufbesserung versöhnt mich mit der Aussicht, sechs Tage Omas Gouvernante spielen zu müssen.

MONTAG, 1. AKT

Neun Uhr, das Shirt klebt mir am Leib. Sonne pur und keine Wolke in Sicht. Wir fahren aufs Land, Oma hat mich ans Steuer gelassen. Als eine meiner eingetragenen Begleitpersonen bringt sie das größte Zutrauen in meine Fahrkünste auf.

Der Steinbruch liegt im westlichen Randgebiet unseres Kreises, ich kurve herum, bis wir in dem unübersichtlichen Kaff die schmale Straße dorthin entdecken. Staub wabert in der Luft, als wir am Parkplatz aussteigen.

»Mei, is des schee!«, stößt Oma aus. Hakt sich bei mir ein und zieht mich durchs eiserne Tor, das offensteht.

Rechts Steine, links Steine, vor uns ein Platz mit diffusen Gerätschaften und Holzböcken sowie ein längliches Gebäude, neben dem der Weg in eine nicht einzusehende Tiefe führt.

Ein Vollbartträger kommt auf uns zu, bekleidet mit Schlabberklamotten und staubbedecktem Hut, die Silbermähne im Nacken zusammengebunden. Ihm folgt eine blonde Grazie in Bermuda-Jeans und blassblauem T-Shirt. Beide tragen stabiles Schuhwerk.

Vom Parkplatz her treffen weitere sechs Leute ein. In der Summe eine unausgewogene Mischung, fünf Frauen, drei Männer. Leider ist nur ein attraktiver Typ dabei. Na, schließlich bin ich zum Steinhämmern da und nicht zum Flirten.

»Seid herzlich gegrüßt«, säuselt die große Blonde, ihre hochgesteckte Haarpracht wippt bei jeder Silbe mit.

»Ich bin Solveigh Lapidius und begleite euch bei euren ersten Schlägen. Ihr seid doch alle Anfänger?« Sie schaut sich um. »Oh – ein bekanntes Gesicht. Also nicht nur Anfänger.«

Sie lacht auf, ein bisschen schrill.

Deutet schnell auf den Mann neben sich.

»Das ist Rodolfo Pietra. Wie sein Name verrät, Italiener, und höchst vertraut mit Steinen aller Art. Er ist Steinmetz und seit kurzem Mitbesitzer dieses fabelhaften Steinbruchs, auf dem wir eine Woche lang wirken dürfen.«

Pietra nickt uns zu. »Buon giorno!«

Affektiert reckt die Workshop-Leiterin ihren Schlangenhals.

»Kommt näher«, fordert sie und blickt uns nacheinander an. »Stellen wir uns gegenseitig vor.«

Sie deutet auf Oma.

Omas Wangen färben sich knallrot.

»Jo, mei«, sagt sie gedehnt und ringt sichtlich nach Worten.

»I bin Agata Feiler und hob an Guatschein zum Geburtstag kriagt, weil i künstlerisch was mocha mog. Hob scho früher gern Figuren aus Pappmaché g'formt.«

Allgemeines leises Lachen.

Solveighs Finger zielt auf mich.

»Ich bin ihre Enkelin, Rosann, 17, und pass auf, dass sie sich nicht auf die Finger klopft«, sage ich beherzt.

Oma guckt mich an, pikiert, die andern lachen lauter.

Dann geht es reihum.

»Mia Steiner, 30, geschieden. Ich suche neue Lebensinhalte. Und das ist mein erster Schritt«, murmelt die Mollige mit dem dunkelbraunen Pferdeschwanz.

»Dagmar Felss, 49, verheiratet, Geschäftsführerin einer Schmuckfirma. Nach einem Burnout muss ich wieder zu mir selbst finden. Also probier ich's mal mit Steinskulpturen«, erklärt lächelnd die schlanke Brünette mit flottem Pagenschnitt.

»Gernot Grau, 64, Frührentner. Halte mich mit vielen Hobbys fit. Diesmal wollen meine Hände etwas Neues erschaffen.« Der agile Senior streckt uns seine Pranken entgegen.

»Liana Fossil«, sagt nun die adrette Schwarzhaarige mit Stoppelfrisur. »24, und Studentin der Geowissenschaften. Ich beabsichtige, Steine aus einer neuen Perspektive heraus kennenzulernen.«

Solveigh legt ihren Blick auf die beiden letzten Männer in der Runde. Der ältere beginnt.

»Victor Staub, 38. Ich bin Sozialtherapeut und begleite ihn.« Er zeigt auf den jüngeren neben sich.

Gespannt fallen unsere Blicke auf den begleiteten Mann. Der sieht verdammt gut aus und ist auffallend emotionsbefreit.

»Ich heiße Daniel Ross. Bin 26 und verbringe noch zwei Monate im Strafvollzug. Nach acht Jahren werde ich wegen guter Führung vorzeitig entlassen. Im Rahmen der Wiedereingliederung in das soziale Gefüge der Gesellschaft darf ich an diesem Kurs teilnehmen.«

Wir haben kaum Zeit, diesen Umstand zu verdauen.

»So«, ruft Solveigh eifrig, »nun zu unseren Objekten.« Sie schreitet in Richtung lose herumliegender Steinbrocken.

»Wir haben hier roten Pfinztaler Sandstein, manche sind gelb marmoriert. Diese Art ist härter als beispielsweise der Maulbronner Schilfsandstein. Ich hoffe, ihr habt schon Vorstellungen über das, was ihr kreieren wollt. Denn jetzt muss sich jeder den geeigneten Stein aussuchen.«

»Oh ja«, ruft meine Oma, »i wui a Vogeltränke für unsern Goarten mocha.«

Solveigh rät ihr zu einem flachen Stein.

Mia, die pummelige Geschiedene, träumt von einem abstrakten Tier, wüsste aber nicht, welches, der Stein soll aber nicht so groß sein. Solveigh hilft ihr beim Suchen und schlägt ihr vor, vielleicht eine Eule zu machen.

Dagmar, die flotte Schmuckfabrikantin, wünscht sich etwas Rankes, Hohes mit belebenden Strukturen. Sie plant eine asymmetrische Stele für das Foyer ihrer Firma.

Gernot, der Frührentner, will mit seiner Kunst seine Frau überraschen, die immer etwas Schönes für die Fensterbank sucht. Er stellt sich eine offene Blüte vor, in dessen Zentrum eine Kerze drapiert werden kann.

Die stoppelhaarige Studentin Liana möchte ein maskenartiges Gesicht ausarbeiten und begutachtet ganz genau die infrage kommenden Steinstücke.

Victor, der Aufpasser, und Daniel, der Freigänger, unterhalten sich angeregt.

Ich hingegen fühle mich absolut fehl am Platz.

»Na, Rosann?«

Solveigh ist plötzlich neben mir.

»Wie wär's mit etwas Romantischem, vielleicht einem Herz? Für den Anfang ideal. Kann auf eine höhere Halterung montiert und überall hingestellt werden.«

Ich zögere, sie zerrt mich mit und deutet auf einen ziemlich quadratischen Stein. Jetzt ruft Victor sie zu sich. Sein Mündel hat einen Riesenbrocken ausgewählt, ob das ginge.

Ich achte nicht mehr auf die anderen, sehe nur das Herz vor mir, elegant und formvollendet, glatt und samtig, zartfaserig durchzogen. Ich packe den Stein, klobig, kantig, schwerer als erwartet, und stemme ihn auf den nächstleeren Arbeitsbock.

Mein Blick fällt auf die drei Männer, die Daniels auserkorenen Felsbrocken auf einen stabilen Palettentisch hieven und Victors Steinsäule parat legen. Er möchte anscheinend etwas Figürliches machen.

Als jeder sein Objekt vor sich hat, warten wir gespannt.

»So«, atmet Solveigh tief durch. »Nun holt ihr euch einen Meißel sowie ein Fäustel, das ist ein Eisenhammer mit flachen Seiten. Dann kann's losgehen.«

Bald darauf höre ich die ersten Schläge und wenig später ein frustriertes Aufstöhnen von Oma.

»Jo mei, der is ober hoart.« Und gleich darauf: »Au, kruzifix!«

Die wird sich wundern, denke ich, es kommt bestimmt noch härter.

Bevor ich sie daran erinnern kann, dass immerhin sie der Auslöser für diese Quälerei war, versinke ich in meiner neuen Welt und begutachte den Steinklumpen vor mir.

Nach etlichen zaghaften Schlägen und motivierenden Belehrungen haue ich zunehmend stärker, bis sich minimale Fortschritte einstellen. Ich verliere mich in Hämmern, Schmutz und Hitze, vergesse Hunger, Durst und den Rest der Welt.

Schrecke auf, als mich jemand antippt.

Rodolfo.

»Signorina, das iste fantastico. Aber Schluss für heute!«

Erstaunt bemerke ich, dass sich fast alle bequem niedergelassen haben auf Hockern, Steinen oder Bänken, ihr mitgebrachtes Essen und Trinken auf provisorisch gerichteten Tischen ausgebreitet.

Oma kommt gerade aus dem Haus, ihr Gesicht ist nass und rosig, der Rest grau verstaubt.

»Is des net herrlich, Rosannerl?«, ruft sie aus und reißt die Arme in die Höhe.

Solveigh bringt zwei Flaschen eisgekühlten Wein. Süffiger sizilianischer Rosato.

Oma und die anderen sind ganz gierig, ich lehne ab, und der Sträfling wird nicht gefragt.

Überrascht von der romantischen Stimmung verschmelze ich mit dezenten Gitarrenklängen. Rodolfo ist nicht nur Steinmetz, sondern auch begnadeter Musiker.

Trotzdem schmachte ich nach unserer Dusche.

DIENSTAG, 2. AKT

Hitze, gepeinigte Bizeps, keine Lust.

»Nimm dir a Beispüi an mir!«, fährt Oma mich an. »Du bist jung, hör aaf zu jammern!«

Straff marschiert sie vor mir her, holt das Werkzeug, drückt mir meines in die Hand.

»Jetzt reiß di z'samm!«

Die anderen sind schon da, das klackernde Gehämmer schallt von überall her.

Mein Stein erwartet mich beharrlich, will ein Herz werden. Ich kann es mir nicht mehr vorstellen. Solveigh, wie frisch aus dem Ei gepellt, zeigt mir ein paar Kniffe. Es geht mir bald leichter von der Hand, und sie entfleucht zum nächsten Opfer.

Gebeugt über mein Objekt, fällt ein Schatten auf mich.

»Merkst du auch, wie es besser geht?« Eine tiefe, angenehme Stimme. »Rosann, so heißt du doch?«

»Ähm, ja.«

Ich blinzle empor. Direkt in Daniels braune Augen. Bevor ich mich darin verlieren kann, nimmt er den Blick von mir und geht zu seinem Felsblock, der ziemlich hinten steht.

»Was willst du eigentlich machen?«, rufe ich Daniel nach.

Er dreht sich um.

»Ein Rillenmuster für Wasserläufe.«

»Aha«, sage ich. »Und dann?«

»Ich lege auf meinem Wochenendgrundstück einen Teich an, den Stein stelle ich mitten hinein.

Er muss auch durchbohrt werden, damit ein Schlauch vertikal eingeführt werden kann.«

»Oh, toll! Etwa für eine Wasserfontäne?«

Er nickt zustimmend, lächelt, wendet sich ab.

Ich arbeite weiter, es geht jetzt besser. Eine Herzbacke formt sich allmählich heraus. Ich fühle, wie der Meißel sich meinem Verlangen unterwirft und meine Schläge routinierter werden.

Ich höre, wie Mia und Dagmar sich unterhalten. Mia lacht sogar, was mir ein Aufschauen entlockt. Tatsächlich, ihre traurigen Augen haben zu leuchten begonnen. Und Dagmar wirkt gar nicht mehr stolz und abweisend.

Obwohl ich mich wieder auf mein Herz konzentriere, entgeht mir nicht, wie Liana sich Daniel nähert.

»Wo soll das Monstrum denn einen Platz erhalten?«

Im Augenwinkel erkenne ich, wie sie sich zwischen ihm und den Stein zwängt. Ihre Hand fährt zuerst über den zackigen Fels, dann touchiert sie wie zufällig Daniels tätowierten Oberarm. Will sie ihre Chancen taxieren?

»In meinem neuen Teich«, entgegnet er knapp.

»Oh, cool. Falls du mal Beratung benötigst ...«

»Danke«, sagt er kaum hörbar und schiebt Liana beiseite.

Sie kichert kokett und wackelt auf ihren Platz zurück.

Ich trinke aus meiner Wasserflasche. Mein Blick findet Rodolfo bei Mia und Dagmar, was den beiden Ladies offenbar gefällt. Unterdessen schreitet Solveigh zu Victor hin, der sie eigentümlich mustert. Die kennen sich, geht's mir durch den Sinn.

Oma stöhnt auf. »Mei, so a Schinderei.«

»Du biste von Bayern, eh?«, fragt plötzlich Rodolfo hinter ihr.

Sie errötet wie ein Teenie. Sichtlich geschmeichelt säuselt sie: »Jo, hört ma denn des? Dabei versuch ich doch, hochdeutsch zu sprechen.«

Rodolfo umfasst ihre Hände und führt sie bei den nächsten Schlägen.

»Bella Agata, bitte nicht. Ich liebe deine Dialekte.« Zusammen hämmern sie auf den Stein ein.

»Bene!« Er lässt sie los.

»Super!«, entfährt es Oma. »Rosann, schau!«, schreit sie. »Des erste Blütenblatt is vollendet.«

Ihre Augen wandern an Rodolfo empor.

»Dankschee, i glaub, jetzt krieg i auch die anderen hin.«

Er will sich abwenden.

»Ach«, sagt Oma rasch, »und i hör di auch gern red'n. I liab den italienischen Akzent.«

Turtelt Oma etwa? Ich starre sie verblüfft an.

Am Abend sitzen wir entspannt beisammen, Rodolfo lässt die Gitarrensaiten schwingen.

Mich fasziniert der Glanz in Daniels Augen und erheitert die Fröhlichkeit von Mia und Dagmar, die sich angeregt mit Gernot unterhalten. Schmunzeln muss ich über Rodolfo, der je nach Musikstück Liana zuzwinkert oder Oma einen Handkuss zuwirft.

Mein Blick fällt auf Solveigh, die im Flüsterton mit Victor zu diskutieren scheint.

Danach lausche ich nur noch den wunderbaren Melodien.

MITTWOCH, 3. AKT

Jeder kämpft um Fortschritte.

Muskeln, Sehnen und Fingerspitzen tun erbärmlich weh. Der einschleichende Erfolg entschädigt ein wenig.

Oma ist schlimmer aufgedreht als meine Freundin nach einem Date, scharwenzelt um Rodolfo herum, und es scheint ihr gar nichts auszumachen, dass dieser wiederum seinen Charme an Liana versprüht, die sich wohl in Daniel verguckt hat.

Victor hat Mias Vorzüge entdeckt, der krasse Gegensatz zu Solveigh reizt ihn vermutlich, er drängt sich zwischen die Geschiedene und die Geschäftsfrau. Dagmar zeigt ihm die kalte Schulter, bekundet offensichtlich, dass sie ja ihren Mann hat und nicht auf lose Bekanntschaften aus ist. Mia hingegen gefällt sein Interesse, ihr verklärter Blick verrät sie. Na ja, schlecht sieht er nicht aus. Blond, blaue Augen, Lachfältchen. Mein Typ ist er nicht. Und auch zu alt.

Ich muss grinsen, als ich mir bewusst werde, welch ein kurioser Haufen unsere Gruppe ist.

Als ich vom Klo zurückkomme, gehe ich an Rodolfo und Solveigh vorbei.

»Er ist ein verfluchtes Schlitzohr«, zischt sie ihm ins Ohr.

»Eine begnadete Künstler«, sagt Rodolfo mit Wehmut in der Stimme.

»Schmeiß ihn raus!«, herrscht Solveigh ihn an.

Er legt seine Stirn in Falten. »Du weißt, das nicht geht.«

»Feigling!«, giftet sie.

Ich laufe schleunigst zu meinem Platz zurück. Tue, als ob ich nichts gehört hätte.

DONNERSTAG, 4. AKT

Der totale Rückfall. Gerade als ich lustvoll auf mein Herz einhämmere, stolz auf seine schönen Rundungen, stolz auf mich und meine Arbeit, fühle ich, dass ich den Meißel nicht richtig in der Hand halte. Trotzdem schlägt die Rechte zu, bevor ich fähig bin, den Griff zu korrigieren. Der Winkel ist zu steil, eine Ecke spritzt heraus. So ein Mist, ausgerechnet an der Zuspitzung. Ich schmeiße Fäustel und Meißel hin, schreie wütend auf.

Oma, Daniel, Mia, Dagmar, Gernot und Victor recken die Köpfe. Solveigh ist gerade bei Victor, sie lässt ihn stehen und eilt herbei. Rodolfo ist mit Liana auf dem Anwesen unterwegs. Steinbeschau. Oder auch etwas anderes.

»Diese Herumklopferei ist so sinnlos«, beschwere ich mich.

Am liebsten würde ich den verdreckten Ort verlassen, duschen, frische Sachen anziehen, ins Schwimmbad gehen.

Solveigh legt einen Arm um mich, mein Ausbruch wird mir etwas peinlich.

»Jetzt beruhige dich. Mach eine Runde über das Gelände, fasse klare Gedanken. Danach helfe ich dir, die Beschädigung auszugleichen. Okay?«

Ich nicke verschämt. Solveigh nickt zurück und geht. Daniel zwinkert mir aufmunternd zu, und Oma gibt ebenso ihren Senf dazu.

»Is doch net so schlimm, Spatzerl.«

Sie fährt mir über den Rücken, wendet sich gleich wieder ab und ihrem Stein zu.

Erstaunt über ihre Vorwurfslosigkeit, laufe ich los. Am Gebäude vorbei, den Weg hinab. Die Tore ins untere Geschoss sind offen, ich trete ein. Hier befindet sich die Steinsäge mit einem Förderband, eine monströse, respekteinflößende Maschine. Gewaltige Steinbrocken liegen zur Weiterbearbeitung bereit, und alles ist bedeckt mit einer zentimeterdicken Staubschicht.

Rasch verlasse ich die Werkstatt und lasse meinen Blick umherschweifen. Hunderte Steine in sämtlichen Größen und Formen liegen einzeln oder aufgetürmt zu Riesenhaufen herum. Inmitten des geordneten Durcheinanders parken ein Bagger sowie eine Raupe.

Ein steinerfülltes Idyll, umrahmt von grünen Baumspitzen. Ich höre Vogelgezwitscher und das stete Schlagen der Werkzeuge, gleichsam dem Hacken eines Spechts.

Ich weiß nicht, wie lange ich vor mich hin geträumt habe, als Daniel erscheint, mir ein scheues Lächeln zuwirft und in der Werkstatt verschwindet. Neugierig folge ich ihm.

»Na, wieder beruhigt?«

Er hält seinen Blick aufs Regal gerichtet, hantiert darauf herum.

»Geht so«, antworte ich wahrheitsgemäß. »Was suchst du?«

»Eigentlich Rodolfo. Aber der hat sich mit der Geologin verdünnisiert.« Er dreht sich um, grinst vergnügt. »Die führen sicher Fachgespräche.«

Erneut nimmt er das Regal in Augenschein. »Ob es hier lange Bohrer gibt?«

»Rosann?«, ruft es von draußen.

»Tja, Daniel, viel Glück beim Suchen.«

Flugs renne ich hinaus, im selben Moment kommt Oma keuchend ums Eck.

»Auf geht's, mia san heit noch net ferti!«

FREITAG, 5. AKT

Heute sind wir die ersten. Das Tor ist zu, aber nicht verschlossen, keiner ist da.

Oma schnauft hart durch.

»Fong ma hoit ohne denna an.«

Omas Wunsch ist mir Befehl, also schieben wir das Tor weit auf. Minuten später hämmern wir auf unsere Steine ein.

Bald erscheinen Mia und Dagmar, kurz darauf Gernot und Liana. Victor kommt gleichzeitig mit Rodolfo. Die beiden reden erregt miteinander.

Ich mache mich unwillkürlich kleiner.

»Daniel kommt heute nicht«, höre ich Victor sagen. »Er hat unverhofft einen Termin beim Anwalt. Die müssen einige Formalitäten klären.«

»Si«, knurrt Rodolfo. Um seine Laune ist es nicht gut bestellt. Er wendet sich ab und lässt Victor stehen.

Gestern Abend schien alles noch okay gewesen zu sein. Rodolfo schäkerte mit Liana; Gernot, Mia und Dagmar fanden sich zu einem fröhlichen Trio zusammen; Victor und Solveigh hatten ihre Differenzen wohl überwunden. Sie feixten und prosteten einander zu. Oma, Daniel und ich unterhielten uns über Gartengestaltung und viele andere Dinge. Ich glaube, Daniel hält sich ohnehin am liebsten bei uns auf. Da ist kein Druck, er muss sich nicht beweisen oder wehren, er ist einfach er selbst.

»Wo ist Solveigh?«, übertönt mit einem Mal Rodolfos Baritonstimme sämtliche Geräusche.

Alle heben erschrocken die Köpfe, wir schauen uns an.

»Keine Ahnung«, sagt Victor, wofür er einen suspekten Blick von unserem italienischen Steinmetz erntet.

Gernot zuckt die Schultern. Mia, Dagmar und Liana sehen sich um. Doch da ist keine Solveigh.

Verärgerung legt sich auf Rodolfos Gesicht. Er verschwindet ins Haus.

»Sie kommt sicher noch«, meint Gernot augenzwinkernd.

Oma wischt sich über die Stirn.

»Hoffentli is ihrer nix g'schehn.«

»Wieso sollte ihr etwas geschehen sein?«, fragt Mia pikiert.

»Na, gestern ist ja a Menge Alkohol g'flossn«, erinnert Oma die Anwesenden. »I war froh, dass mei Enkelin g'foahrn is.« Sie kichert. »Wie seid's ihr überhaupt hoamkimma?«

Keiner gibt Antwort. Offenbar hatte niemand Probleme, sonst wären sie ja nicht da.

Außer Solveigh.

Rodolfo taucht wieder auf.

»Mache wir ohne sie. Nur noch swei Tage, musse morge werde fertig.«

»Solveigh wird scho no keamma«, sagt Oma.

Ihre Stimme zittert leicht.

SAMSTAG, 6. AKT

»Och nee, Oma. Nicht der Hund! Der ist so eklig.«

»Net er is eklig, sondern des, was er toan muss, und do is dei Papa schuild und net der Basko. Der Hund kimmt mit. Basta!«

Oma schubst unsern Schäferhund hinten ins Auto und schließt die Klappe des Kombis. Ich habe ja eigentlich nichts gegen ihn, kann es dennoch nicht leiden, wenn er im selben Auto sitzt wie ich, und ich gezwungen bin, seine Ausdünstungen zu riechen.

»Stell di net so an, 's is alleweil euer Hund.«

Oma drängt sich hinters Steuer und startet den Motor.

Basko darf samstags meist zu meinen Großeltern, sie lieben ihn, und Mama freut sich, dass die beiden eine Abwechslung haben. Ansonsten ist er im Zwinger oder mit Papa unterwegs. Zu uns ins Haus darf er eher selten, Mama ist Sauberkeitsfanatikerin. Hundehaare bringen sie auf die Palme. Deshalb begleitet Basko uns in den Steinbruch. Oma hat es mit Rodolfo abgesprochen. Es ist schließlich ein wohlerzogener Hund, der lieb im Eck liegen bleibt.

Als wir ankommen, sind fast alle da. Victor und Daniel fehlen noch, Solveigh ebenso.

»Kommt Daniel heute nicht?«, frage ich Rodolfo.

Doch der zuckt mit den Schultern.

»Victor wohl heute keine Zeit, und Daniel alleine ja nicht darf.«

Er sieht meinen enttäuschten Blick.

»Sicher sie komme später, Rosann.«

Oma versucht unterdessen, den sich sträubenden Basko neben sich abzulegen, nachdem er alle begrüßt und beschnuppert hat. Ich widme mich meinem steinernen Herz, das allmählich in seine Vollendung übergeht. Aber der Hund nervt. Ständig steht er auf und fiept. Schaut immer in dieselbe Richtung.

»Mensch, Oma, du hättest Basko zu Hause lassen sollen. Der hört doch nur auf Papa.«

»Der Hund g'horcht mir immer. Basta!« Oma ist ziemlich gereizt.

»Platz!« Oma wird laut.

»Was ist denn mit ihm?«, fragt Mia, die sich als Hundeliebhaberin geoutet hat. »Soll ich mal mit ihm Gassi gehen? Ich mach das gern.«

»Basko muss net Gassi gehen«, brummt Oma. Und wieder: »Platz! Herrgott nochmal. Oider Bazi!«

Basko tut den Teufel, springt auf und spurtet

davon. An Mia vorbei und an Dagmar, tänzelt um Gernot herum und trabt noch ein paar Meter. Beschnüffelt den Bereich vor Daniels Palettentisch, bellt einmal und macht Platz.

»Dämlicher Hund!«, sage ich irritiert, ein flaues Kribbeln überfällt mich. Verlegen hole ich ihn zurück.

Oma schimpft mit ihm. Er legt sich widerstrebend hin und schaut uns verständnislos an.

Wir wenden uns ab, arbeiten weiter.

Hinten knackt es.

Mia stößt einen schrillen Schrei aus, Dagmar ruft »Huch!«, Gernot flüchtet von seinem Platz.

Basko schnellt empor.

Daniels Stein kippt mit mächtigem Gepolter von dem zusammenbrechenden Palettengerüst. Der Boden vibriert beim Aufschlag.

Erschüttert starren wir auf die Stelle, wo Basko herumgeschnüffelt hat. Ich zittere, als ich begreife, ein paar Minuten eher, und wir hätten ein Familienmitglied verloren.

»Ist er so etwas wie ein Erdbebenwarnhund?«, stammelt Dagmar, die offensichtlich null Ahnung von Hunden hat.

Rodolfo kommt aus dem Haus gehastet.

»Was ihr habt gemacht?«

Er wirft uns einen fahrigen Blick zu und eilt nach hinten. Begutachtet Daniels Felsblock, der den Sturz dem Anschein nach unbeschadet überstanden hat. Die Erde wirkt aufgelockert und hat den Stein wie Schaumgummi aufgefangen.

»Wie kann passieren das?«, fragt er aufgebracht.

Antwort kriegt er keine. Stattdessen reißt sich Basko los, springt zu ihm hin. Oma schweigt mit offenem Mund. Also folge ich dem Hund. Basko wirft sich zwischen Rodolfo und Stein auf den Bauch, Kopf und Ohren gespitzt, gibt einmal Laut und schaut uns erwartungsvoll an.

»Was will Hund?«, schimpft nun Rodolfo, dem die Situation erheblich über den Kopf zu wachsen droht. Seine friedliche Idylle ist enorm gestört. Erst der Hund, dann der Stein, jetzt wieder der Hund. Dazu fehlen seine Workshop-Leiterin und die beiden anderen Männer aus der Gruppe, die mit ihm den Stein hätten wieder wegrollen können.

»Agata, tu Köter weg!«

Rudolfos Nerven liegen merklich blank.

Ich rühre mich nicht und betrachte unseren hochadligen Schäferhund. So kenne ich ihn nicht. Ich weiß nur, dass er als ausgebildeter Polizeihund seine Gründe haben muss, wenn er so reagiert. Aber ... Ich verdrehe die Augen. *Nein, unmöglich!*

»Rodolfo!«, entrüstet sich Oma und kommt näher. »Basko is koa Köter.« Sie schnappt nach Luft. »Er g'hört mei'm Sohn und is a Leichensuchhund.«

»Ha!«, brüllt Rodolfo auf. »Und dein Sohn ist Leichenbestatter?«

»Also ...!« Oma atmet hart durch. »Rodolfo, des wui i jetzt net g'hört ham.«

»Eh, Agata.« Rodolfo bemüht sich um Selbstbeherrschung. »Darf ich bitten, jetzt zu entferne eure nette, liebe Basko von hier?«

Er deutet eine Verbeugung an.

Geschwind packe ich Basko am Halsband, um ihn wegzuzerren. Sein leises Knurren entsetzt mich. Er meint es ernst. Ich mag es nicht glauben.

»Vielleicht liegt da drunter ein Tierkadaver«, sagt Mia verschreckt.

»Omaaa, ...« Ich werfe Oma einen intensiven Blick zu. Hoffentlich erkennt sie meine Ernsthaftigkeit. »Sollten wir nicht Papa anrufen?«

Sie sieht mich an, zieht ihre Augenbrauen zusammen.

»Omaaa, bitteee! Du weißt doch, wenn Basko seine Revoluzzerphase hat, können wir nichts ausrichten. Dann braucht er eine strenge Hand.«

Oma hat verstanden. Sie dreht sich um, spurtet zum Auto. Dort sind unsere Handys. Wegen des hier allgegenwärtigen Staubs, der in jede Ritze dringt. Ich bleibe bei Basko. Tätschle ihm bestätigend über das Fell. Lobe ihn leise. Er wird ruhig.

»Was hat er denn gehabt?« Gernot beugt sich zu uns herunter.

»Ach, er ist nur erschrocken und meint, er muss jetzt das Übel bewachen, bis es beseitigt ist. War ein Fehler, ihn hierher mitzuschleppen. Mein Paps soll ihn holen. Damit wir endlich weitermachen können.«

»Na, nicht so schlimm.« Gernot klopft mir auf die Schulter und zieht sich zurück.

Rodolfo schüttelt den Kopf und stampft ins Haus.

Ein Auto hält vor der Einfahrt. Victor und Daniel. Sie werden sogleich von Liana in Kenntnis gesetzt. Daniel sieht das alles wohl nicht so eng und schmunzelt mir zu, während er nähertritt.

Rodolfo kommt zurück.

»Ich habe gerufen Chef, soll bringen Stapler.«

Victor steht wie angewurzelt, hat bislang kein Wort gesagt. Starrt nur auf Daniels abgestürzten Brunnenstein. Und Basko.

»Was ist das für ein Hund?«, presst er leise heraus.

»Der gehört uns«, erkläre ich.

Daniel beugt sich über Basko und streichelt seinen Kopf, fährt ihm sanft über den Rücken.

Basko macht keinen Mucks.

»Mei Sohn is unterwegs«, schreit Oma von der Einfahrt her und stapft in unsere Richtung. »Hätt i bloß auf di g'hört, Rosann. Alles hot er durcheinander brocht.«

Sie schlägt Basko leicht aufs Hinterteil.

»Jetzt ruhig, Agata«, beschwichtigt Rodolfo, während er schon wieder den Rückzug ins Haus antritt. »Stein runtergestoßen war Hund nicht, Palette zusammegebroche, kann passiere. Iste Zufall.«

»Zufall?«, ruft ihm Oma aufgebracht nach. Sie sieht jetzt meinem Vater sehr ähnlich. »Wenn Zufälligkeiten sich häufen, stimmt was net, sagt alleweil mei Sohn.«

»Na, der wird es ja wissen«, lamentiert Liana.

Ich schnaube empört auf.

Daniel runzelt die Stirn, schaut mich fragend an.

»Mein Vater ist bei der Polizei«, erkläre ich. Was ich sofort bereue, als ich seinen bestürzten Blick sehe. »Keine Panik, der holt nachher nur Basko ab.«

»Aha«, meint Daniel, geht in die Hocke und krault Basko hinter den Ohren.

Victor marschiert ins Haus, holt Rodolfo. Zusammen packen sie Victors Statue und tragen sie zu seinem Van. Er drückt Rodolfo Geld in die Hand.

Jetzt wird mir klar, an was mich seine Skulptur erinnert, die er so makellos gestaltet hat. An eine Nymphe.

»Geht Victor schon?«, fragt Mia in die Runde. »Kann er das?« Scharf fixiert sie Daniel.

Victor macht ein paar Schritte auf uns zu.

»Ja, ich muss dringend fort, es ist alles abgeklärt. Gegen Abend wird Daniel von einem Vollzugsbediensteten abgeholt.« Er wendet sich an Daniel. »Bleib anständig, Kumpel.«

Daniels Augen huschen verunsichert über uns hinweg. Er zuckt mit den Schultern. »Klar.«

»Wir passen auf ihn auf, gell?« Meine Oma grinst erst Victor, dann Daniel an.

Mit einem »Ciao, Leute!« entschwindet der Resozialisierungshelfer.

Rodolfo zündet sich eine Zigarette an.

»Mamma mia, heute ich eine brauche, sonst ich rauche nix.«

»Aber stets eine parat haben?«, lacht Dagmar. Sie lässt sich eine geben.

»Wenn der Stein schon am Boden liegt«, überlegt Daniel, »könnte ich gleich mit dem Bohren anfangen, oder?«

»No, no«, winkt Rodolfo ab. »Wir bringe Stein in Werkstatt, mache fertig. Und später du hole.«

»Danke«, sagt Daniel, die Hände tief in Baskos Fell vergraben.

Mein Vater taucht am Tor auf. In sportlichen Jeans und dunkelblauem T-Shirt. Freizeitmäßig eben. Dennoch nicht weniger ehrfurchtsgebietend aufgrund seiner stattlichen Figur.

Basko fühlt seine Nähe und meldet sich lautstark. Daniel schnellt hoch und weicht zurück.

Papa kommt nicht dazu, alle zu begrüßen, so tobt unser Hund. Ich kann ihn kaum halten.

»Na«, sagt mein Vater, »ihr werdet hier ja keine Leichen unter den Steinen liegen haben?«

Er will Humor ausstrahlen, aber ich bemerke seinen angespannten Blick.

»Doch«, säuselt Liana unangebracht witzig. »Unter jedem Stein eine.« Sie lacht gackernd.

Dagmar und Mia zeigen angesteckte Heiterkeit, Gernot hält sich diskret im Hintergrund.

Basko funkelt freudig sein Herrchen an. Der nimmt ihn endlich an die Leine.

»Fuß!«

Führt ihn weg bis hin zum Tor. Leint ihn ab.

»Such!«

Die Erlösung für Basko. Er rast im Affentempo erneut bis vor Daniels Stein, bellt, legt sich bäuchlings und wartet, bis Vater neben ihm steht.

»Brav!« Er tätschelt ihm die Flanke. Dabei blickt er erst mich an, dann Oma. »Euch kann man auch nicht einmal den Hund mitgeben.«

In seinem Kopf arbeitet es. Ich sehe es ihm an.

Papa schluckt, lässt langsam seine Augen über die Runde gleiten. Er wird sich jedes Gesicht einprägen, jede Regung, einfach alles. Denn das ist ein wichtiger Moment. So kurz vor der möglichen Aufdeckung eines Verbrechens.

»Eigentlich habe ich heute dienstfrei«, sagt er. »Aber mir bleibt nichts anderes übrig. Leider.«

»Was? Was bleibt übrig nicht?«, stammelt Rodolfo.

Ich glaube, jetzt dämmert es ihm, was Basko geleistet hat. Er richtet seinen erschrockenen Blick auf Oma.

»Vorher nix Scherz, Agata?«

Oma grinst süffisant und schüttelt den Kopf.

»Mei Sohn ist Hauptkommissar bei der Kripo.«

Ich sehe, wie Daniel sich wegschleicht und ins Haus geht. Trotzdem sage ich nichts.

Lautes Motorengeräusch nähert sich. Ein Kleinlaster zwängt sich durchs Tor. Der Stapler wird gebracht. Mein Vater geht drauf zu, redet mit dem Fahrer und bringt Basko ins Auto.

Rodolfo hilft seinem Kompagnon beim Abladen. Sie bringen den Stapler in Position und warten auf den Befehl meines Vaters. Aber der lässt sich Zeit.

Rodolfo kratzt sich am Kopf.

»Sicher eine tote Tier.«

Oma gurgelt auf. Es folgt ein spitzer Lacher.

»A Kadaver. Mit sowas gibt sich unser Basko net ab.«

Papa verwarnt sie mit einem scharfen Blick und deutet mir mit einem Fingerzeig an, dass ich mich vom Ort des diffusen Geschehens entfernen soll.

Was ich unverzüglich tue.

Gänsehaut überzieht meine Arme, den ganzen Körper. Ich kann nicht glauben, was sich abzeichnet. Mit langsamen Schritten gehe ich auf das Haus zu und hinein, suche nach Daniel. Der sitzt auf einem Hocker.

»Ich kenn ihn«, sagt er leise.

»Wen?«, frage ich zurück.

»Deinen Vater.«

»Echt?« Allmählich schlagen die Wellen des irreal anmutenden Tages über mir zusammen.

»Er hat mich damals in den Knast gebracht.«

»Krass«, rutscht es mir heraus. Stolz und Mitleid kämpfen um den ersten Rang.

Daniel legt seinen Kopf schief, wischt sich den Schweiß von der Stirn. »Magst deinen Alten, he?«

»Klar«, bestätige ich. Ich mag ihn wirklich.

»Du Glückliche.«

»Wieso? Kümmert sich dein Vater nicht um dich?«

»Der ist tot.«

Ich spüre einen Stich im Herzen. Ärgere mich über meine vorlaute Bemerkung. »Tut mir leid.«

»Braucht es nicht.«

»War er so schlimm?«

»Ich hab ihn getötet.«

Ich mache einen Schritt zurück. Daniel schaut mich ernst an.

»Shit«, presse ich heraus. Daniel nickt.

»Rosann?« Oma! Ihre Stimme klingt besorgt.

»Erzähl mir später weiter«, sage ich schnell und renne hinaus.

Oma steht schon da.

»Dei Papa hat die SpuSi g'rufa. Und ois, wos dazug'hört. Bleib jetzt bittschön do bei mir, Spatzerl.«

Wir setzen uns zu den anderen und schweigen uns an.

Mein Vater hat sein Smartphone am Ohr, redet leise. Dann winkt er mich zu sich. »Es fehlen zwei Männer aus der Gruppe.«

»Einer ist im Haus, einer ist schon gegangen«, erkläre ich.

Er zieht die Stirn kraus. »Ich hoffe, Daniel Ross ist der, der sich im Haus befindet.«

Ich bejahe.

Er wendet sich ab, ich höre ihn über Victor reden. Und das unschöne Wort »Fahndung«.

Jetzt geht alles Schlag auf Schlag.

Eine Gruppe Autos hält vor dem Tor, Leute steigen aus, stülpen sich weiße Schutzanzüge über.

Ich setze mich schnell wieder neben Oma. Ihre Wangen sind fiebrigrot.

»Dei Papa.« Stolz schwingt aus ihrer Kehle.

Ich hake mich bei ihr ein. Mir wird übel.

Der Stapler schiebt seine Eisenarme unter den Stein, hebt ihn an, fährt rückwärts den Weg heraus und hält. Die weiße Meute stürzt sich auf den Ort einer denkbaren Gewalttat.

Wir haben keine freie Sicht nach hinten. Unsere Steine auf den Böcken stören.

Liana reckt ihren Kopf und stöhnt auf.

»Ich sehe nichts.«

»Sollst a net.« Oma wird grantig.

Rodolfo und der Steinbruchbesitzer stehen seitlich.

»Che cavolo!«, flucht Rodolfo.

Sein Partner wendet sich ab, stapft an uns vorbei und hinein ins Haus. Rodolfo wirkt wie versteinert, bis einer der uniformierten Kollegen meines Vaters ihn zum Verlassen des Tatortbereichs auffordert.

Rodolfo setzt sich in Bewegung. Vor uns hält er kurz an.

»Solveigh!« Er stöhnt gequält vor sich hin. »Ihre rote Shirt. Ihre Gesicht ...«

Er würgt, rennt Richtung Klo.

»Kruzifix nochmal!«, fährt Oma verzagt auf.

»Aber ...«, stammelt plötzlich Mia, »wie ... wer ...«

»Woart's hoit ab!«, fährt Oma sie an und wischt sich übers Gesicht. »Mei is mir hoaß.«

Mein Vater kommt herüber.

»Geht bitte ins Haus, wir bergen die Leiche.«

Hinter uns wird die Tür aufgerissen. Daniel. Ich fahre herum und schau direkt in seine geweiteten Augen.

»Bitte treten Sie zurück«, ruft mein Vater bestimmend.

Seine Hand zuckt in Richtung Hüfte, greift ins Leere. Ich sehe ihm an, wie er jetzt seine Waffe vermisst.

Daniel denkt wohl das gleiche, er rennt los. Zwischen Oma und mir hindurch, schubst Mia zur Seite und Liana, verharrt für den Moment eines Wimpernschlags, schaut sich um und rennt den Weg hinab. Ein aussichtsloses Vorhaben.

»Daniel! Nein!«, rufe ich laut.

Zwei Beamte folgen ihm.

Ich halte den Atem an.

»Warum flüchtet er? Hat er etwas getan?«

So blöd kann nur Mia fragen.

»Die Angst sitzt ihm im Nacken, die Angst.«

Die kluge Dagmar hat sicher recht.

»Und wohl schlechte Erfahrungen«, gibt Liana zum Besten.

Die Beamten bringen Daniel zurück, Vater legt ihm Handschellen an, und sie setzen ihn in einen Einsatzwagen. Er tut mir leid.

»Hat *er* die schöne Solveigh ...?«, fragt Mia aufs Neue.

»No ja, ihre Schönheit is dahin«, nuschelt Oma. »Bei so a'm Brocken.«

»Zermatscht«, ergänze ich ihren Gedankengang und ernte entsetzte Blicke.

»Hat er ...?«, wiederholt Mia.

Als ob wir die Wahrheit wüssten.

»Naa!«, echauffiert sich Oma. »Der würd niemols sei Freiheit g'fährden, net wegen so aner Frau.«

»Sitzt der nicht wegen Vergewaltigung und Mord ein?«, will Gernot bestätigt wissen.

»Hab ich auch gehört«, pflichtet Liana bei. »Und bei solchen Typen hilft alles nichts. Die sind viel zu animalisch, um ihre Triebe unter Kontrolle halten zu können.«

»Aber«, werfe ich zaghaft ein, »der hat doch seinen Vater getötet und keine Frau, oder nicht?«

»Sei still, Rosann!«

Omas herrischer Ton lässt mich verstummen.

Vater tritt näher. »Ihr sitzt ja immer noch da.«

»Herr Kommissar?«, säuselt Liana, »was ist mit Solveigh geschehen? Wurde sie vergewaltigt?«

»Von diesem Daniel?« Mia wieder.

»Jetzt reicht's!«, schreit Oma wütend. Sogar Papa zuckt zusammen. »Daniel san die Weibsleut wurscht. Auf den wartet scho lang sei Freund, dass er endlich rauskimmt. Und den kennt er, seit er sechzehn war.«

Ich höre einen Vogel zaghaft zwitschern. Und das leise Knistern der Schutzanzüge, das Scharren der Schuhe von Vaters Kollegen.

Aber keinen Laut sonst.

Der Rest unserer Gruppe sitzt im Kreis. Rodolfo zupft auf der Gitarre herum. Klagende Töne schwingen umher.

Liana schnäuzt ins Taschentuch, Mia atmet seufzend durch. Die Sonne ist am Untergehen.

Omas Mund ist schmallippig. Ihre Augen funkeln erregt. Ich weiß, was kommt.

»Schluss mit der Gefühlsduselei! – Wos woar jetzt mit der Nix'n?«

Rodolfos Finger erstarren.

»*The Mermaid*«, murmelt er.

»Hat Victor nicht ebenso eine gemacht?«, überlegt Mia.

Rodolfos Blick stiert ins Leere.

»*The Mermaid* war aus beste Laaser Marmor.«

»Und?«, drängt Gernot.

Rodolfo atmet tief durch. »Eine exzellente bella figura. Du glaube, du kannst gucke durch.«

»Wos is mit derer gscheh'n?« Oma ist absolut am Ende ihrer Geduld.

»Solveigh hat gebracht sie aus Italia und verkauft zu Höchstpreis.«

»Ist doch schön für sie«, sagt Mia leise.

»Si«, brummt Rodolfo. »Aber es nicht ihre war.«

Ich bin sprachlos.

»Victor hat gemacht sie«, erklärt er weiter. »Und Solveigh sollte transportiere, ohne schriftliche Vertrag. Ware mal Paar, die beide.«

»Oh je«, stöhnt Dagmar auf.

»O dio, ich hätte gehen dürfen nicht«, klagt Rodolfo. »Habe gestritte die beide, und ich bin gegange. Schnauze voll von Getue.«

»Und als die beiden alleine waren«, resümiere ich, »hat der hintergangene Victor eiskalt mit der Spitzhacke Solveighs betrügerisches Herz durchstoßen.«

Alle Augenpaare fliegen auf meine Wenigkeit. Oma schüttelt tadelnd ihren Kopf.

»Steht am Montag eh in der Zeitung«, verteidige ich mich.

»Si«, nickt Rodolfo mir zu. »Und dann hat vergrabe vor Palette von Daniel, und die nicht mehr hat gehobe. Hat geglaubt, da hinte finde niemand.«

»Er wollt' dem Daniel den Mord onhänga«, meint Oma.

»Deshalb hat er ihm die Vergewaltigung angedichtet«, stößt Liana aus.

Rodolfo schlägt einen Akkord auf den Saiten an.

»Victor schon immer schlechter Planer.«

Er lässt seinen müden Blick über uns hinwegschweifen, bis weit hinaus ins Gelände.

»So viele Platze hier.«

Es folgt ein zweiter Akkord, und der italienische Bildhauer stimmt eine Ballade an.

TATORT KARLSRUHE

Historisch, mystisch, mysteriös:

Gemeinsamer Einsatz für
Kriminalhauptkommissar Frederik Edel
aus der Fächerstadt und
KHK a. D. Peter Wellendorf-Renz,
Sonderermittler aus Pforzheim.

USCHI GASSLER & CLAUDIA KONRAD

Galt lang als verschollenes, kostbares Gut,
ein gülden Relikt und ein wertvolles Od.
Der Schatzraub behaftet mit Missgunst und Blut.
Besitzgier, sie endet im tragischen Tod.
Ernst Merz

CLAUDIA KONRAD

DAS GEHEIMNIS DER KRYPTA

Angespannt und voller Erwartung schlich Ronald Weigand an den Häusern der Karl-Friedrich-Straße entlang. Am *Platz der Grundrechte* hielt er kurz inne. Jedes Mal, wenn er hier vorbeikam, fragte er sich, wer diese Tafeln mit den Grundrechten der Bundesrepublik Deutschland hatte aufstellen lassen. Um zu lesen, was da stand, musste der Ein-Meter-siebzig-Mann seinen Hals verrenken.

Er quetschte sich zwischen dem Badischen Landesmuseum und einem Bauzaun entlang, als sein Blick auf einen Aushang an der Eingangstür fiel. »Das Museum ist wegen eingedrungenem Baustaub derzeit geschlossen.«

Karlsruhe, die Fächerstadt, mutierte seit Monaten zu einer riesigen Baustelle. Ronald Weigand hatte die Idee, die Straßenbahn in den Untergrund zu verlegen, noch nie gut gefunden. Für ihn war das reine Geldverschwendung. Während er seinen Gedanken nachhing, sprang eine große Pumpe im Baustellengraben der Kaiserstraße an. Wochenlange Regenfälle machten einen nächtlichen Einsatz dieser Gerätschaften erforderlich.

Erschrocken wich er zurück und trat mit seinen neuen Dreihundert-Euro-Schuhen in den Matsch.

»Yeah, shit, Mann!«, brüllte er den Arbeitern zu. »Was müsst ihr auch nachts arbeiten?«

Fluchend überquerte er die Straße, um sich an einer Säule des Modehauses *Schöpf* anzulehnen. Von hier aus hatte er das Baustellenchaos rund um die Pyramide auf dem Marktplatz im Auge. Er fokussierte die letzte Ruhestätte des Stadtgründers Markgraf Karl III. Wilhelm von Baden-Durlach, der unter der Pyramide ruhte. Hier wollte ihn Marius Arndt um einundzwanzig Uhr treffen. Eine Viertelstunde war noch Zeit.

Marius Arndt – Weigand konnte sich noch präzise an einen gemeinsamen Kunstraub erinnern. Es kam zu Komplikationen, die beiden mehrere Jahre Knast einbrachten. Arndt wurde vorzeitig entlassen, weil er mit der Polizei kooperierte. Hatte er ihm diesen Deal als Wiedergutmachung vorgeschlagen?, fragte er sich, als er ihn neben der Pyramide erspähte. Trotz Dunkelheit und einsetzendem Regen erkannte er ihn sofort. Sein Ex-Coup-Partner blickte sich um, schien ihn zu suchen. Dann verschwand er in einer Baugrube. Niemand sonst hielt sich in diesem Bauabschnitt auf.

Ronald Weigand wollte sich gerade in Bewegung setzen, als eine große, schlanke männliche Gestalt mit übergestülpter Kapuze im Eilschritt, keine drei Meter neben ihm, über die Baustelle hechtete.

Er beschloss, in Deckung zu bleiben. Hier konnte ihn niemand sehen.

Arndt kroch, umhüllt vom Lichtkegel einer Baustellenlampe, aus der Tiefe hervor. Es hatte den Anschein, dass er zur Salzsäule erstarrte, als er den Kapuzenmann sah. Dann diskutierten die Männer, Arndt wurde laut. Um was es ging, konnte Weigand nicht verstehen, die Worte wurden vom Baustellenlärm geschluckt.

Plötzlich fiel Arndt rückwärts in die Grube. Die schwarz gekleidete Gestalt sah sich kurz um, zielte mit einer Waffe, an der Weigand deutlich den langen Aufsatz des Schalldämpfers erkennen konnte, in das Erdloch und eilte davon.

Ihm stockte der Atem. Dennoch nahm er die Verfolgung auf, bis er zu dem im griechischen Stil erbauten Säulenvorbau der evangelischen Stadtkirche kam, um in deren Schatten einzutauchen.

Der Fremde verschwand im *Hotel Kaiserhof.*

Mit Adleraugen beobachtete Weigand die Häuserfronten des Eckhotels und wurde hinreichend belohnt. Im zweiten Stock ging Licht an. Wenig später wurde ein Fenster geöffnet. Die Person blickte langsam und prüfend über den Marktplatz, schloss das Fenster, zog die Gardinen zu. Daraufhin wurde ein Fenster in Richtung Karl-Friedrich-Straße geöffnet. Hier starrte der Typ kurz auf das Polizeigebäude, ehe er dieses Fenster ebenfalls wieder schloss und die Vorhänge zuzog.

Flüchtig checkte Weigand das Umfeld, bevor er sein Versteck verließ, um zurückzugehen und die Baustelle in Höhe der Commerzbank zu betreten.

Ein Blick auf Arndt, der mit verdrehtem Körper, offenen Augen sowie mit eindeutigen Schusswunden in Brust und Stirn in der Grube lag, ließ ihn erneut fluchen.

»Arschloch! Ich hätte einen Käufer gehabt.«

Ein schneller Rundumblick verriet, dass niemand das Geschehene bemerkt hatte. Verhaltenen Schrittes ging er zu seinem Wagen und fuhr zurück nach Pforzheim, wo er seit Jahren auf dem Wartberg wohnte.

Tausend Gedanken ließen ihn nicht zur Ruhe kommen. Vielleicht konnte er doch noch an das Artefakt gelangen. Die Millionen für sich allein behalten ...

Tags darauf parkte er seinen BMW 760i, den er sich nach einem nicht ganz astreinen Geschäft im letzten Jahr gegönnt hatte, in der Nähe des Ettlinger Tors und marschierte zielstrebig zum *Hotel Kaiserhof*. Dank freier Sicht und schnurgerader Straße konnte er von Weitem das Polizeiaufgebot rund um die Pyramide erkennen.

»Guten Morgen«, begrüßte er die Rezeptionistin freundlich.

»Ich bin mit einem Kunden verabredet, der bei Ihnen das Eckzimmer im zweiten Stock bewohnt, das mit Blick auf den Marktplatz. Dummerweise habe ich meine Unterlagen vergessen und weiß seinen Namen nicht auswendig«, lächelte er.

Ausgesprochen seriös, im schwarzen Anzug mit weißem Hemd und Krawatte, flirtete er regelrecht mit der bildhübschen jungen Frau.

»Verzeihen Sie, ich habe mich nicht vorgestellt.

Martin Holler von der Credit Suisse.« Er streckte ihr die Hand entgegen und legte den Blick auf seine goldenen Armbänder frei.

»Angenehm«, erwiderte die Schöne.

Angesichts seines Auftretens und der äußerst charmanten Art dürfte sie keinerlei Zweifel an der Richtigkeit seines Anliegens gehabt haben.

»Meinen Sie den Herrn in Zimmer zweihundertacht?«

Weigand lehnte lässig an der Anmeldung.

»Zweihundertacht, ja, ich glaube das war es«, nickte er bestätigend, als er einen Mann an der Treppe stehen sah. Ronald Weigand traf der stahlharte Blick eines Profikillers. Wie vom Blitz getroffen wusste er, wen er da vor sich hatte. Sein Auge zuckte, wie immer, wenn er in Panik geriet. Arndts Mörder musste zumindest Bruchteile des Gespräches gehört haben.

Verunsichert drehte Weigand sich zu seiner Gesprächspartnerin um und sah sie fragend an. Diese jedoch wandte sich verlegen ihrem Gast zu, begrüßte ihn namentlich mit Castro. Ohne ein Wort zu verlieren, machte der Killer auf dem Absatz kehrt und lief die Treppen hinauf.

»Das ist der Herr von zweihundertacht? Nein, das dürfte ein Missverständnis sein. Ich werde wohl doch meine Unterlagen holen müssen. Danke für Ihre Bemühungen«, flüsterte Weigand und verließ postwendend das Hotel.

Er überquerte die Straße, lief am Regierungspräsidium vorbei, in welchem zurzeit eine Bücherausstellung gastierte. Sein Blick saugte sich an einem Plakat fest, das auf eine »Mords-Lesung« hinwies, die gestern dort stattgefunden hatte.

»Tss – wie treffend«, zischte er.

Zurück in seiner gemütlichen Wohnung, brodelte es in ihm. Er konnte sich nicht mit diesem Castro einlassen, der Kerl war drei Nummern zu groß. Aber der Mord an Arndt sollte nicht ungesühnt bleiben.

Weigand beschloss, zwei Häuser weiter Wellendorf-Renz aufzusuchen. Auch wenn der pensionierte Hauptkommissar, der mittlerweile als Sonderermittler fungierte, ihn ins Gefängnis gebracht hatte, so vertraute er ihm doch.

Wellendorf-Renz staunte nicht schlecht, als er die Tür öffnete.

»Ich muss mit Ihnen reden, bitte!«, flehte Weigand.

»Ich wüsste nicht, worüber Sie mit mir reden wollen«, brummte Wellendorf-Renz. Offensichtlich war er bei seinem Mittagsschlaf gestört worden.

»Es geht um Mord«, sagte Weigand knapp.

»Gut, in einer halben Stunde auf neutralem Boden, am Wartbergbad.«

Weigand vollzog eine Typverwandlung. Aus dem angeblichen Banker vom Morgen wurde ein sportlicher Zeitgenosse in Jeans, Cowboystiefeln und Softshell-Jacke. Auf seine goldenen Armbänder und die Rolex verzichtete er jedoch niemals.

*

Peter Wellendorf-Renz, von seinen Freunden kurz Welle genannt, kam mühselig mit seinem Staffordshire Bullterrier Trollinger den Berg hochgeschnauft und steuerte direkt auf eine Bank zu. Dort wurde er von seinem sichtlich nervösen Nachbarn schon erwartet.

Ronald Weigand berichtete detailliert von den Geschehnissen in Karlsruhe. Welle hörte aufmerksam bis zum Schluss zu, ohne ihn auch nur einmal zu unterbrechen.

»Und Sie sind sich sicher, dass es sich um die einst verschwundene Herzkapsel des Markgrafen Karl III. Wilhelm handelt?«, fragte Welle.

»In jedem Fall. Arndt war total euphorisch, als er mich anrief. Wie ich Ihnen schon sagte, hat er sich als Bauarbeiter eingeschleust. Woher er wusste, dass es einen geheimen Raum neben der Grabkammer des Markgrafen gab, weiß ich nicht. Sicherlich von seinem Auftraggeber. Allein wäre er nicht auf so etwas gekommen, dazu war er schlichtweg zu dumm.«

»Er muss wochenlang dort mitgearbeitet haben«, bemerkte Welle.

»Ja, hat er. Er erzählte mir, dass die Arbeiten eine Weile ruhen mussten, da man auf der Südseite der Pyramide auf die Fundamentreste der Konkordienkirche stieß. Diese wurden abgetragen und gesichert. Erst danach konnte er sich seinem eigentlichem Ziel, die Herzkapsel zu finden, widmen.«

»Konkordienkirche? Davon hab ich schon einmal gehört. Diese Kirche musste wegen einer früheren Umgestaltung des Marktplatzes weichen. Statt ihrer erbaute man über der Krypta die Pyramide. Richtig?«

»Genau«, bestätigte Weigand. »Jedenfalls erwähnte Arndt, dass sich wohl neben der unterhalb des Straßenniveaus liegenden Grabkammer dieser winzige Geheimraum befinden würde. Er habe eine oxidierte Bronzeschatulle gefunden, die ein schweres, herzförmiges Gebilde aus Gold und mit Edelsteinen besetzt beinhalte. Darin soll sich das Herz des Markgrafen befinden.«

Weigands Augen funkelten bei der Beschreibung.

»Und er wollte sie Ihnen für zweieinhalb Millionen Euro verkaufen?«

»Wahrscheinlich merkte Arndt, dass mit diesem Fund wesentlich mehr Geld rauszuschlagen war, als man ihm bot. Mich kostete die Vermittlung lediglich zwei Telefonate. Heute Mittag wäre der Termin mit einem Gutachter und einem potenziellen Käufer gewesen.«

»Und dieser Castro, was denken Sie, hat der damit zu tun?«

»Außer, dass ich gesehen habe, wie er Arndt beseitigte? Ich habe keine Ahnung. Schätze, er wird ausschließlich engagiert, um unliebsame Zeitgenossen aus dem Weg zu räumen.« Er stockte, während Welle ihn fragend ansah.

»Aus dem Weg räumen? Aha!«

»Was? Ich verdiene mein Geld mit kleinen An- und Verkäufen, können Sie gerne überprüfen.«

»Ja, schon klar«, schmunzelte Welle. Er wusste gewiss, dass dieser Ganove nach wie vor seine Finger in krummen Geschäften hatte.

»Was machen wir jetzt?«, fragte Weigand.

»Sie werden sich für die nächste Zeit in Luft auflösen, mir aber Ihre Handynummer geben. Ich kümmere mich um den Rest«, sagte der pensionierte Hauptkommissar.

Welles Ziel war die St. Michaelskirche am Pforzheimer Schlossberg. Die Schloss- und Stiftskirche diente als Grablege der badischen Markgrafen und beherbergt noch heute gut erhaltene Särge in der Nord- und Südgruft, die für die Öffentlichkeit nicht zugänglich sind. Die Hoffnung des Pensionärs lag im Pfarramt. Selbst ihm, als alteingesessenem Pforzheimer, war bis dato nicht bekannt, dass die Herzkapsel nie wieder aufgefunden wurde. Welle fand es makaber, dass Karl Wilhelms Herz auf dem Sarg seiner Ehefrau, Magdalena Wilhelmine von Württemberg, deponiert worden war.

»Beide Grüfte wurden mehrfach umgestaltet. Vielleicht ging die Herzkapsel dabei schon im Jahr 1808 verloren«, erklärte die Pfarrerin. »Vielleicht aber erst 1943, als das Tonnengewölbe gegen Fliegerbomben gesichert wurde.«

»Ist es nicht ungewöhnlich, dass die Eingeweide fernab der Gebeine bestattet wurden?«

»Zu der damaligen Zeit war es ein durchaus üblicher Vorgang. Ich meine, es war eine testamentarische Verfügung des Markgrafen, dass er in der Konkordienkirche beigesetzt werden wollte. Zu diesem Zeitpunkt lebte seine Gattin noch. Wo sich Karl Wilhelms Organe bis zum Tod Magdalenas befanden, entzieht sich meiner Kenntnis. Die Ehe war wohl wegen einiger Mätressen und möglicher gemeinsamer Kinder ziemlich zerrüttet. Wer weiß, wer da gegen wen intrigiert hat.«

»Ja, so etwas habe ich auch einmal gelesen. Glauben Sie, es hat jemand das Herz gestohlen, absichtlich, meine ich?«

»Seien Sie mir bitte nicht böse, mein Lieber, aber es wäre Ihre Aufgabe, das herauszufinden«, antwortete die Pfarrerin. Sie verabschiedete Welle mit den besten Wünschen.

Mit Trollinger lief er schnurstracks zum Kriminalkommissariat in der Bahnhofstraße. Hund und Herr waren immer gern gesehen, nur heute herrschte das blanke Chaos.

»Welle, wollen Sie uns helfen, Kartons zu packen, oder sind Sie schon wieder über eine Leiche gestolpert?«, begrüßte ihn Polizeichef Hartmut Musterer, der sogleich ausgiebig Trollinger kraulte.

»Nein, ich helfe nicht, und ja, allerdings indirekt. Ich muss mit Kuhlmann sprechen. Wo steckt er?«

Vereinzelte Abteilungen der Kripo, nebst den Chefetagen der Pforzheimer Polizei, siedelten im Zuge der Polizeireform nach Karlsruhe um. Die Flure waren vollgestellt mit Umzugskartons und glichen einer großen Rumpelkammer. Polizeibeamte mutierten zu Kistenpackern in blauen Latzhosen.

Welle kämpfte sich bis zu Kuhlmanns Büro durch. Die Tür stand offen.

»Holger?«

»Hier«, rief dieser und schob sich hinter einem Turm aus Kisten hervor.

»Ich denke, du bleibst hier?« Welle war entsetzt.

Kuhlmann grinste seinen Ex-Chef breit an.

»Bleib locker Peter, ich miste bei dieser Gelegenheit gleich fürs Archiv aus.«

Erleichtert schloss Welle die Tür und nahm hinter dem Schreibtisch Platz, da alle anderen Sitzgelegenheiten mit Akten belegt waren.

»Ich brauche deine Hilfe.«

Bei einem Pott Kaffee erzählte Welle, was geschehen war.

»Ha, so ebbes! Du stolperst immer öfter über skurrile Fälle. Schade, dass ich da nicht mitmischen darf. So ein richtiger Kunstraub – oder wie sonst soll man das Stehlen einer zweihundertsechsundsiebzig Jahre alten Herzkapsel bezeichnen – das wär's! Du weißt schon, dass Weigand ein kleines Antiquariat in der Innenstadt besitzt?«

»Ja klar. Aber Dreck am Stecken hat er garantiert auch. Umsonst kann der sich keine 544 PS starke Nobelkarosse leisten.«

Kuhlmann griff zum Telefon, um sich mit den Kollegen in Karlsruhe in Verbindung zu setzen. Hauptkommissar Edel sei zuständig, befände sich derzeit auf der Baustelle, dem Tatort. Gegen siebzehn Uhr wäre er wieder zu erreichen. Dann suchte er in den Tiefen des Polizeiregisters nach Castro. Sekunden später spuckte der Drucker eine kurze Liste aus. Bislang war es noch nicht gelungen, Philipp Castros wahre Identität festzustellen. Er bediente sich oft neuer Decknamen. Lediglich ein Phantombild und eine Personenbeschreibung gab es.

Kuhlmann reichte Welle einen Notizzettel mit Edels Namen, der Telefonnummer des Kommissariats sowie den Ausdruck.

»Ich wünsche dir viel Glück und pass auf dich auf.«

»Danke. Mein Bauchgefühl sagt mir, dass in Karlsruhe etwas am Brodeln ist. Ich fahre hin.« Welle verabschiedete sich.

Er eilte nach Hause, holte seinen alten VW Käfer aus der Garage und fuhr geradewegs nach Karlsruhe. Die Straßen waren verstopft. Es herrschte Feierabendverkehr.

Von Polizei war auf dem Marktplatz nichts mehr zu sehen, so steuerte er direkt auf das *Hotel Kaiserhof* zu. Der Empfangsdame zeigte Welle seinen Ausweis, der ihn als Sonderermittler der Kriminalpolizei auswies.

»Ist Zimmer zweihundertacht noch vermietet?«

Nach einem Blick auf den Bildschirm bestätigte sie:

»Ja. Jedoch möchte Herr Castro in Kürze auschecken, seine Rechnung hat er vorhin beglichen.«

»Ist er gerade da?«

»Ja. Vor zehn Minuten bekam er Besuch von einem Herrn Alzfeld.«

»Müssen Besucher hier immer ihren Namen hinterlassen?«, fragte Welle verwundert.

»Nein, nein, er stellte sich mit seinem Namen vor und sagte, er sei Antiquitätenhändler.«

»Alzfeld, Antiquitätenhändler. Aha. Danke vorerst.«

Welle überquerte die Straße und betrat den Vorbau des Polizeigebäudes vis-à-vis dem Hotel. Es war bereits finster. Er blickte auf seine Armbanduhr, zog den schnüffelnden Trollinger heran und stellte sich hinter eine der sechs dunklen Säulen des Eingangsbereiches. Von hier hatte er einen guten Blick auf den Hoteleingang und die beleuchteten Fenster von Zimmer zweihundertacht.

Welle zog sein Handy aus der Tasche und rief Edel an.

Der Hauptkommissar zeigte sich hellhörig, nachdem Welle ihm versichert hatte, einen Zeugen für den Mord an Arndt zu haben. Richtig auf den Plan gerufen wurde er mit Welles Aussage, dass er den mutmaßlichen Mörder im Visier habe.

»Was, Sie beobachten die Zielperson? Wo?«

»Ich stehe am Polizeigebäude Ecke Hebelstraße und habe das Hotelfenster des Täters sowie den Eingang des Hotels im Blick. Sie sollten sich schleunigst etwas einfallen lassen. Philipp Castro ist aller Voraussicht nach ein Profikiller und im Begriff abzureisen«, erklärte Welle.

»Gut, bitte bleiben Sie, wo Sie sind. Wir beeilen uns. Sie wissen ja, dass wir dort, wo Sie stehen, nicht unsere Büros haben.«

Welle tauschte schnell noch die Handynummern mit Edel aus, als Trollinger an der Leine zerrte.

»Fix noch mal, was soll das?«, zischte er seinen Hund an. Doch Trollinger zog ihn aus der Deckung. In diesem Moment meinte der Pensionär, eine männliche Gestalt und hektische Bewegungen hinter einem der beiden Zimmerfenster zu sehen.

»So en Scheißdreck, hoffentlich hat der uns nicht bemerkt«, entfuhr es ihm, während er sich wieder hinter eine Säule drückte.

Nach zehn Minuten griff er erneut zu seinem Mobiltelefon.

»Hier Wellendorf-Renz. Edel, wo sind Sie? Hier tut sich etwas«, raunte er.

»Schauen Sie mal rüber zum Rathaus.«

Welle sah einen hochgewachsenen Mann winken und gab den Gruß zurück. Jetzt sah er auch die Kollegen vom SEK aus der Hebelstraße herbeieilen.

»Respekt, Kollege, ihr seid schnell.«

Der Karlsruher Hauptkommissar steuerte zielstrebig auf einen schwarzen Van zu, der, aus nördlicher Richtung kommend, langsam auf der linken Seite über den Marktplatz rollte. Das SEK sicherte den Hoteleingang von beiden Seiten. Zwei Mann begaben sich an die Säulen, an denen Welle wartete. Vier Verkehrspolizisten sperrten die Hebelstraße und die Karl-Friedrich-Straße aus südlicher Richtung ab.

Edel verschwand kurz im Einsatzbus, tauchte aber sofort wieder auf und begab sich zu Wellendorf-Renz, der anerkennend nickte. Just in diesem Moment stieß Ronald Weigand zu den Kommissaren.

»Ha noi, was mache denn Sie hier, Sie sen doch ned ganz bache!«, fauchte Welle ihn an.

»Ein Vögelchen hat mir gezwitschert, dass dieser Drecksack einen weiteren Geschäftspartner von mir auf dem Gewissen hat. Das ist jetzt meine Angelegenheit«, erwiderte Weigand. Er sprintete über die Straße und verschwand im Eingang.

Welle klärte Kollege Edel in drei Sätzen auf.

»Das war der Zeuge?« Edel war entsetzt.

Gleichzeitig gingen oben im Zimmer die Lichter aus.

»Mist!«, raunte Welle und eilte Edel hinterher, der zum Hotel hinüberrannte.

Noch bevor sie sich richtig austauschen konnten, kam Philipp Castro mit einer Reisetasche und einem Aktenkoffer unter dem Arm aus der Glastür heraus. Augenblicklich war er vom SEK umzingelt. Seinem Gesichtsausdruck war deutliche Verblüffung anzusehen.

Trollinger knurrte. Er stand zwischen dem Killer und den Kommissaren, was ein Entkommen unmöglich machte. Eine kleine Bewegung nach rechts von Castro hatte zur Folge, dass Trollinger zähnefletschend auf ihn zusprang und ein roter Punkt des SEK-Scharfschützen auf Castros Stirn erschien.

»Nehmen Sie die Hände hoch«, dröhnte es durch die Nacht.

Nach einer kurzen Belehrung Edels an Castro gerichtet, stieß dieser ein leises »Fuck« aus, bevor er abgeführt wurde.

Welle wandte sich indes an seinen Kollegen:

»Castro hatte Besuch. Da niemand sonst das Hotel verlassen hat, sollten wir nachsehen. Weigand fehlt auch noch.«

Die Beamten erbaten den Schlüssel für Zimmer zweihundertacht. Auf dem Flur der zweiten Etage stolperten sie über Weigand, der bewusstlos mitten im Weg lag. Die Zimmertür war nicht verschlossen, nur angelehnt. Edel schob sie leise auf.

»Hallo! Hallo, ist hier jemand?«

Trollinger knurrte heiser. Welle kannte die Reaktion seines Hundes und sagte:

»Da drin gibt es eine Leiche. Trollinger verhält sich grundsätzlich so, wenn er Tote wittert.«

Die Bestätigung ließ nicht lange auf sich warten. Großflächig verteilte Blutspritzer und Fetzen von Hirnmasse sprenkelten die weiße Wand. In der Duschwanne lag ein zusammengesackter männlicher Leichnam.

DES MARKGRAFEN HERZKAPSEL

Phil saß vorm Fenster seiner Suite im *Hotel Kaiserhof* und richtete den Blick durchs Nachtsichtzielfernrohr der Knight KAC SR 25. Einem Scharfschützengewehr, das er nur deshalb zusammengebaut und angelegt hatte, um besser erkennen zu können, was sich im Bereich der Pyramide am Marktplatz der badischen Residenzstadt abspielte.

Er traute Marius Arndt nicht. Ein durchtriebener Kunstdieb und ständig pleite. Klaute alles, was ihm in die Finger geriet, unfähig, daraus ordentlich Kapital zu schlagen. Drehte sich stets wie das Fähnchen im Wind und fand nie die richtige Richtung.

Seit Tagen schon ahnte Phil, dass dieses Schlitzohr die Nebenkammer gefunden und eine Öffnung ins Mauerwerk getrieben hatte. Unterstützt durch die Freilegung der Fundamentreste der einstmaligen Kirche und deren Bergung.

Trotzdem hatte er vermieden, dem Ganoven zu früh auf die Pelle zu rücken. Hatte ihm die Gelegenheit geben wollen, sich wie vereinbart bei ihm zu melden. Stattdessen war Arndt nach Einbruch der Dunkelheit an der Pyramide aufgetaucht und seither in ihrem Untergrund verschwunden.

Jetzt war es gleich halb neun, Phil spürte Ungeduld in sich hochkriechen. Da spielte sich etwas ab, und er hätte wetten können, dass dies nicht mit seinen Plänen konform lief.

Er schwenkte das Gewehr und überprüfte den waidwunden Marktplatz, der einem überdimensionierten Sandkasten glich. Die Karlsruher waren dabei, ihre Straßenbahnen in die Tiefe zu versenken, dementsprechend ging es in der Stadt zu wie in einem Irrenhaus.

Außer dem Langfinger schien sich niemand in der Nähe der eingepackten Pyramide aufzuhalten. Ja, die Karlsruher hatten vorgesorgt und das markante Grabmal gut verstaut. Damit ihrem Lieblingsbauwerk nichts geschah. Immerhin lag darunter der Stadtgründer. Oder was von ihm übrig war.

Was sie allerdings nicht vermeiden konnten, war die Einschleusung von Marius Arndt in den Bautrupp, um ein nicht geplantes Loch zu graben. Hinter der Pyramide. Vom Hotel her gut einzusehen.

Der Dieb wusste nichts von Phils Beschattung, er kannte ihn noch nicht einmal persönlich. Dieses Manko würde Phil jedoch unverzüglich bereinigen.

Er ließ das Gewehr sinken, demontierte es gewissenhaft, legte es in den schmalen Waffenkoffer. Verstaute diesen unter der Wäsche im Schrank. Zog sich die schwarze Wolfskin-Outdoorjacke an und die feinledernen Handschuhe. Steckte die handliche Glock 26 ein, bestückt mit Schalldämpfer und Unterschallmunition.

Vor der Hoteltür stülpte er sich die Kapuze über, es regnete. Zwar nicht sehr stark, dennoch glänzte alles im Licht der Straßenlampen. Zum Glück war kaum jemand unterwegs, um diese Zeit hatten die Leute bestimmt Besseres zu tun.

Phil überquerte die Karl-Friedrich-Straße, beäugte für einen Moment den hinter wuchtigen Säulen verborgenen Haupteingang des Polizeigebäudes, wandte sich ab und überquerte die Hebelstraße. Trabte den Bauzaun entlang, der den weitläufigen Marktplatz komplett umfasste, vorbei am Sozialgericht, an einer Kirche mit imposanten Säulen davor, an einem Lokal und am Karlsruher Verkehrsverbund im Weinbrennerhaus. In Höhe der Pyramide blieb er vor einem Modehaus-Schaufenster stehen.

Ein scharfer Blick nach beiden Seiten bestätigte, keiner der vorbeieilenden Fußgänger richtete sein Augenmerk auf ihn.

Rasch steuerte er auf den Bauzaun zu, peilte die Stelle an, die Arndt manipuliert hatte, um jederzeit ungestört in den Baustellenbereich zu gelangen.

Nach wenigen schnellen Schritten stand Phil vor dem Grubenabgang, verborgen zwischen Erdhaufen und Pyramidenhinterfront. Hörte leises Scharren und Fluchen, sah das erlöschende Flackern einer Lampe. Dann kam Arndt die provisorischen Stufen heraufgestampft. Sein blondes Strubbelhaar erleuchtet von einer Baustellenlampe wie ein Heiligenschein.

Phil entging der erschrockene Blick nicht, der

sich auf Arndts bleiche Visage legte, als er ihm gegenüberstand.

»Wer sind Sie?« Arndt wirkte verwirrt, schaute sich um, als suche er jemand, als wolle er an Phil vorbeidrängen.

Phil umgriff die Glock in der linken Jackentasche und öffnete seine rechte Hand.

»Du hast etwas für mich, Marius Arndt.«

Der Dieb stutzte. Ließ im selben Moment etwas in der Tasche seiner gelben Regenjacke verschwinden. Die andere Hand ballte er zur Faust.

Phil befürchtete bereits, worauf das hinauslaufen würde.

»Der Fund!« Zur Bekräftigung machte er lockende Bewegungen mit dem Zeigefinger. »Oder hattest du was anderes damit vor?«

Arndt zuckte zusammen wie ein ertapptes Kind, nur kurz, zeigte sogleich Unwilligkeit.

Das vertrug Phil überhaupt nicht. Seine Linke umfasste die Glock fester.

»Du hast dich nach dem Aufbruch der Kammer nicht bei mir gemeldet.«

»Das wollte ich doch noch. Ich musste mich erst versichern, ob der Schatz auch da war.«

Arndt war laut geworden. Blickte umher wie gehetztes Wild.

»Nun hast du dich ja versichert«, knurrte Phil.

Arndt nahm die Hand aus der Tasche, streckte ihm etwas Goldglänzendes entgegen. Zögerlich.

Phil erkannte ein Herz, etwa in der Größe eines Straußeneies.

»Sie müssen den Preis erhöhen!« Die Stimme des Diebes klang trotzig.

Phil griff nach der Kostbarkeit. Wog sie in seiner Hand. Überaus schwer, garantiert reines Gold. Es glitzerte. Vielleicht Diamanten inmitten der eingravierten Beschriftung?

Arndt wischte sich über die Stirn.

»Das ist die innere Kapsel. Es gibt jemanden, der ein Vermögen dafür zahlen will. Die äußere steht noch unten. Ist nur aus Bronze.« Der Gauner druckste herum. »Das Ding da ist wertvoller als gedacht. Und es war echt schwer, dranzukommen – die ganze Drecksarbeit hab schließlich ich allein gemacht. Das ist weitaus mehr wert als fünfzig Mille. Oder ...«

Phil zog die Glock aus der Tasche. Zielte auf Arndts Stirn.

»Oder was?« Er drückte ab.

Der Schuss war nur ein leises Zischen, die Wirkung hingegen enorm. Arndt kippte nach hinten, die Augen weit offen, herausgezerrt aus einem letzten Gedanken, einem letzten Verlangen. Ein dumpfer Schlag, und der Halunke lag ein paar Meter tiefer in der Grube. Beschienen von der Baustellenlampe, wie extra für seinen Abgang installiert.

Phil setzte drei Schüsse nach, zwei ins Herz, einen weiteren in die Stirn. *Overkilled* – sicher war sicher. Er steckte die Glock zurück in die Jackentasche, das heiß begehrte Artefakt in die andere, warf einen prüfenden Blick über den Marktplatz und machte sich schleunigst davon. Nichts wie ab ins Warme, er war mittlerweile klatschnass von diesem bescheuerten Regen.

Im Zimmer schaltete er das Licht an, hängte die triefnasse Jacke in die Dusche, stellte die Schuhe davor. Verstaute den Schatz im Schrank.

Die Vorhänge waren noch offen. Sofort ging er zu den Fenstern, die in Richtung Marktplatz lagen, riss eines auf, ließ seinen Blick umherschweifen, alles ruhig, schloss es wieder, zerrte den Stoff vor. Ging zu den Fenstern in Richtung Karl-Friedrich-Straße, verharrte kurz, bevor er auch hier eines öffnete. Schaute hinüber zum Polizeigebäude, sah eine Gestalt zwischen den Säulen verschwinden. Na ja, das Gebäude war öffentlich, also durfte sich auch jemand dort herumtreiben. Ansonsten fuhren vereinzelte Autos, liefen ein paar versprengte Leute, manche versteckt unter Schirmen. Beruhigt schloss er auch diesen Fensterflügel und die Vorhänge. Ließ das Geschehene Revue passieren.

Eigentlich lehnte er derartige Aufträge ab. Zu viele Verstrickungen, die alles unübersichtlich machten, zu viele Leute, die ihn zu Gesicht bekamen. Er operierte vorzugsweise im Hintergrund, um zuzuschlagen, wenn keiner damit rechnete. In diesem Fall hielt er sich schon viel zu lang am selben Ort auf. Dabei genoss er es durchaus, sich in dem Vier-Sterne-Hotel verwöhnen zu lassen. Aber er musste immer auf der Hut sein vor dem nächsten Schritt, durfte bei seinen Observationen nicht auffallen, keine Kontakte knüpfen. Musste allem aus dem Weg gehen, was mit ihm in Verbindung gebracht werden konnte oder eine Erinnerung an ihn zurückließ. Und sogar das konnte auffällig sein.

Er aktivierte sein Smartphone. Tippte Zahlen ein. Der Auftraggeber meldete sich schneller als gedacht.

»Und? Haben Sie sie?«

»Ja. Wann und wo findet die Übergabe statt?«

»Morgen bei Ihnen im Hotel. Kann aber später werden.«

»Ich checke morgen früh aus.« Phil wollte keine unnötige Minute mehr in diesem Hotel bleiben.

»Nein, nein, mein Guter. Sie warten schön brav. Denn es gibt keinen besseren Übergabeort als Ihr Zimmer.«

»Spätestens um zwanzig Uhr bin ich weg«, konterte Phil und beendete das Gespräch. Entfernte die Sim-Karte aus dem Gerät.

Verärgerung machte sich breit. Noch so ein Punkt, den er nicht guthieß. Eigentlich stellte er die Bedingungen und nicht ein dubioser Auftraggeber, der mit Sicherheit noch andere krumme Touren am Laufen hatte.

Noch vor dem Frühstück verlangte es Phil nach frischer Luft. Nur ein bisschen laufen, Richtung Obelisk, am Ettlinger Tor vorbei, vielleicht den Friedrichsplatz umrunden, wo sie schon die Weihnachtsbuden aufbauten. Alles im leichten Trab, um sich fit zu halten nach all den Tagen im Ruhemodus hinter dem Fernglas und dem Objektiv seines Zielfernrohrs. Er spürte eine leicht muntere Stimmung in sich aufkommen, eine nahezu freudige, als er die Treppe zur Rezeption hinuntereilte.

An der letzten Stufe angelangt, hörte er eine Männerstimme »Eckzimmer im zweiten Stock« sagen. Hörte die Lady hinterm Tresen »Zimmer zweihundertacht« antworten.

Phil blieb stehen. Ernüchterung ließ ihn blitzartig frösteln. Er sah den hageren Endvierziger im schwarzen Anzug am Tresen kleben, sah ihn die junge Frau anlächeln.

Phil rührte sich nicht. Sein Blick blieb fest im Nacken des Fremden sitzen, bis der sich aufrichtete, sich zu ihm umdrehte. Er sah, wie das rechte Auge des Mannes zuckte, sah die pockennarbige Gesichtshaut, das spärlich blonde Haar. Sah goldene Armketten aufblinken, als der Fremde sich nervös über die Narbe neben dem zuckenden Auge fuhr. Phil entging auch nicht die Rolex am anderen Handgelenk, das noch auf dem Tresen ruhte.

Die Rezeptionistin hatte ihren Fauxpas wohl mittlerweile bemerkt, sie setzte ein entschuldigendes Lächeln auf.

»Guten Morgen, Herr Castro! Dieser Herr ...«

Weiter kam sie nicht.

Phil wandte sich um und spurtete die Treppe hoch. Atmete ein paarmal durch. Überlegte, was besser wäre. Den Fremden zur Rede stellen, wobei er zweifellos Aufmerksamkeit auf sich lenken würde, oder der Schönheit am Empfang die Nichtigkeit dieses Aufeinandertreffens zu beweisen.

Er beschloss, zu warten. Eine Minute. Das musste genügen. Ging erneut zur Rezeption hinunter. Der Fremde war verschwunden.

Phil versuchte, freundlich zu sein.

»Wissen Sie, wer dieser Herr war?«

Die junge Frau schenkte ihm einen charmanten Augenaufschlag.

»Bitte entschuldigen Sie, Herr Castro. Dem Anschein nach handelte es sich um eine Verwechslung, ein Missverständnis.«

Phil warf ihr ein leichtes Nicken zu und verließ das Hotel. Obwohl ihm die Freude auf eine Trainingsrunde vergangen war, sprintete er los. Ignorierte das Polizeiaufgebot am Marktplatz. Ignorierte die abbremsende BMW-Limousine und das Paar, das daraus ausstieg. Ignorierte, wie die sportliche Blonde den kurzgeschorenen Hünen mit »Hauptkommissar Edel« vorstellte, während ein Uniformierter auf sie zumarschierte.

Phil versank in quälende Überlegungen. Was der Fremde gewollt haben mochte?

Keine zwei Stunden später beobachtete er vom Fenster aus das Spektakel um die Pyramide herum. Sie bargen den Toten. Mit einem Aufwand, als läge der Karlsruher Oberbürgermeister persönlich in der Grube. Inzwischen mussten sie auch den Eingang bemerkt haben, den freigelegten. Mussten die geheime Nebenkammer entdeckt haben, die eigentlich nirgends verzeichnet war, um erstaunt festzustellen, dass jemand etwas gesucht hatte. Und gefunden. Etwas Wertvolles, von dessen Existenz sie nichts geahnt hatten.

Phil lachte auf, wandte sich ab.

Ließ sich aufs Bett fallen. Schloss die Augen.

Agierte somit völlig entgegen seiner Prinzipien. Er musste einen ganzen Tag totschlagen. Sich gedulden, bis Alzfeld kam. Dieser Abkömmling jenes Hurensohnes, der es dank seines halbedlen Blutes geschafft hatte, Pfaffe der längst verschwundenen Konkordienkirche zu werden, in dessen Gruft der badische Monarch die letzte Ruhe gefunden hatte.

»Philipp Castro? Ich bin Ferdinand Alzfeld. Schön, dass wir uns einmal kennenlernen.«

Der Auftraggeber stand vor ihm, ein verschlagenes Grinsen im Gesicht, in den zusammengekniffenen Augen.

»Na endlich!«, brummte Phil. Das lange Warten zermürbte sein Gemüt. Mit einer ungeduldigen Gestik manövrierte er Alzfeld ins Zimmer.

Der gehorchte, schlängelte seinen mageren Körper in den weitläufigen Raum, blieb unschlüssig stehen.

»Und? Wo ist sie?«

Er reckte seinen Giraffenhals ins Unermessliche, sein Adamsapfel hüpfte aufgeregt bei jedem nervösen Schlucken.

»Erst das Geld!«

Phil deutete auf den braunledernen Aktenkoffer, den Alzfeld verkrampft in seinen Händen hielt.

»Erst zeigen Sie mir die Kapsel.«

Die Augen des zwielichtigen Antiquitätenhändlers glänzten gierig.

Missmutig holte Phil das Kleinod aus dem Schrank, hielt es Alzfeld vor die Nase. Der wollte danach grabschen. Phil war schneller. In einer einzigen fließenden Bewegung machte er einen Schritt zurück und verbarg die Preziose hinter sich.

»Das Geld!« Fordernd deutete er wiederholt auf den Koffer.

Alzfeld hüstelte verkrampft, legte den Koffer auf den kleinen runden Glastisch, schnippte die Schnallen auf. Setzte sich auf das hellgraue Zweisitzersofa. Warf die Beine übereinander, verschlang die Arme vor der Brust. Versuchte eindeutig, Entspanntheit zu demonstrieren.

Was Phil überging. Die Scheine – die vielen Scheine ließen ihn schmunzeln. Mit einem Mal fühlte er sich erheblich besser.

»Wollen Sie es zählen?«

Alzfeld zog die Augenbrauen hoch. Vermutlich flatterten ihm die Nerven bei dem Gedanken, solange warten zu müssen.

»Es sind fünfhunderttausend. Echte Euronoten. Alle gebraucht und nicht durchnummeriert. Sie können mir vertrauen.«

»Tatsächlich?«

Phil schlug den Koffer zu. Schaute Alzfeld in die fahlblauen Augen.

Dieser blinzelte verunsichert, grinste nervös zurück. Dann streckte er den Rücken und hob das Kinn.

»Ich bin der legitime Nachkomme von Pastor Theodor Alzfeld, einem Sohn des Markgrafen Karl

III. Wilhelm von Baden-Durlach. Ich habe ein Anrecht auf dieses Erbe. Geben Sie mir jetzt bitte die Kapsel.«

»Ein Bastard war der Herr Pfarrer. Nichts als ein Bastard. Und wer dessen Erzeuger war, steht in den Sternen. Ich habe auch meine Hausaufgaben gemacht. Sie haben definitiv auf gar nichts ein Anrecht. Aber das soll mir egal sein.«

»Richtig! Machen Sie Ihre Arbeit und ich meine. Also, her mit dem Stück. Und dann nehmen Sie das Geld und verschwinden Sie!«

Phil übergab die Herzkapsel. Sie versank in Alzfelds riesigen Pranken, und für wenige Sekunden herrschte andächtige Stille.

Plötzlich sagte der Pfaffen-Nachfahre:

»Das immense Theater heute auf dem Marktplatz – hatte das etwas mit der Kapsel zu tun? Ich hoffe, Sie haben nichts getan, was das Interesse der Behörden erweckt hat oder gar auf mich lenkt.«

Phil schwieg.

Alzfeld schaute ihn scharf an.

»Ich versichere, die Herzkapsel des Stadtgründers gehört entschieden mir. Mein Urahn hatte sie einst aus der markgräflichen Gruft der Pforzheimer Schlosskirche zurückholen lassen. Dort lag sie auf dem Sarg von Karl Wilhelms Witwe. Und dort hatte sie nichts zu suchen. Dieses Herz hatte einst nur für diese Stadt geschlagen. Deshalb gehörte es hierher. Hier war es sicher – aber auch sinnlos vergraben in der Tiefe. Solch ein Schatz! Daher habe ich die Gunst der Stunde genutzt, um sie bergen zu lassen. Und es wäre außerordentlich dumm, wenn ihre Sicherstellung unnötig Aufmerksamkeit erregt hätte.«

Die Beweggründe seines Auftraggebers berührten Phil nicht.

»Sie sind pleite und beklauen die durchlauchtige Familie des Markgrafen. So einfach ist das«, entgegnete er provozierend.

Alzfeld legte den Kopf schief. Seine Hakennase glich einem Geierschnabel. Seine Pupillen stachen wie Nadelköpfe. Ein Ausbund an Hässlichkeit.

»Ich versuche schon seit Jahren, legal und mit Genehmigung in die Gruft unter der Pyramide zu kommen. Aber die Herrschaften vom Hause Baden zeigen sich leider sehr abweisend. Da kam diese Mordsbauerei in der Innenstadt gerade recht. Jetzt sind meine jahrelangen Planungen endlich von Erfolg gekrönt. Und den lasse ich mir von keinem nehmen. Verstehen Sie?«

Die schmalen Lippen des Kunsthändlers öffneten sich zu einem dämlichen Grinsen. Einem gefährlich dämlichen Grinsen. Kaum einschätzbar.

Phil spürte Unruhe in sich aufkommen. Das war kein gutes Zeichen. Was, wenn er dem Elsässer nicht trauen durfte? Was, wenn dieser Kotzbrocken bereits einen Plan B in der Tasche hatte, der Phils Eliminierung zur Folge hätte?

Er zog die Glock aus dem Gürtelholster, richtete sie auf Alzfeld.

»Das ist jetzt aber nicht sehr nett!« Alzfelds schäbiges Grinsen gefror. Er sprang auf. Seine Augenlider flatterten nervös, die Pupillen entsetzt geweitet.

»Für Nettigkeiten bin ich nicht zuständig«, murrte Phil und drückte ab.

Das 9-Millimeter-Vollmantelgeschoss durchdrang mit leisem *Ssnapp* die Stirnmitte des Möchtegernadligen. Riss ihm ein übles Loch in den Hinterschädel und schlug in die Wand ein. Knochensplitter, Hirnmasse und Blut spritzten unschön auf die weiße Tapete.

Das Goldherz fiel polternd zu Boden.

Rasch steckte Phil die Glock zurück, packte den einsackenden Körper, bevor er auf das Sofa kippte, schleifte ihn ins Bad und verfrachtete ihn in die Duschwanne.

Hastig überprüfte er sich auf Blutspritzer, es war nichts zu sehen. Er schlüpfte in die Jacke, stopfte das Artefakt in die Reisetasche, schulterte sie und nahm den Aktenkoffer mit dem Geld. Warf einen kontrollierenden Blick durchs Zimmer, schaltete das Licht aus und trat in den beleuchteten Gang.

Prallte auf einen Mann.

Es war der von heute Morgen. Der an der Rezeption nach ihm gefragt hatte. Das war jetzt offensichtlich.

Der hagere Blonde fuhr zurück, sperrte die Augen weit auf und fluchte: »He, du Scheißkerl! Pass auf!« Und dann: »Marius Arndt war ein Kumpel von mir.«

Wollte der Fremde *ihm* drohen?

Phil fackelte nicht lang und hieb ihm seine linke Faust ins Gesicht. Der Hagere schlug langgestreckt rücklings auf den Boden.

Nun hieß es, ruckzuck Land gewinnen. Gezahlt hatte er bereits, er konnte ungestört das Hotel verlassen, hinüber ins Parkhaus am Friedrichsplatz gehen, dort wartete sein Jeep, und dann nichts wie raus aus dieser Stadt.

An der Rezeption stand keiner. Nicht mal eine der sympathischen, immer höflichen Ladies. Überhaupt herrschte unnatürliche Stille im Hotel.

Phil schaute sich um. Außer dass er niemanden sah, konnte er nichts Ungewöhnliches entdecken.

Er atmete tief ein und steuerte auf die erste Glastür zu, die sich auseinanderschob. Er atmete aus, schritt hindurch, und die zweite Tür glitt auf.

Er zögerte, nur kurz, dann begab er sich hinaus in die kalte, ungemütliche Nacht.

Bevor er sich der Gefahr bewusst wurde, die dort auf ihn lauerte, war er eingekreist von dunklen Gestalten. Ganz klar SEK-Beamte. Und die hielten ihre Waffen auf ihn gerichtet. Mit Sicherheit tanzten jetzt rote Pünktchen auf seiner Stirn herum.

»Nehmen Sie die Hände hoch!«, brüllte jemand.

Phil suchte nach einem Ausweg. Irgendeinen Ausweg gab es immer.

Unvermittelt standen zwei Männer in Zivil vor ihm. Groß, stattlich. Undurchdringlich wie eine Mauer.

Ein Hund bellte.

Phil entdeckte den Köter neben dem älteren der beiden Zivilbeamten. Gedrungen. Wachsam. Knurrte jetzt leise. Ein Staffordshire Bullterrier als Polizeihund. Echt übertrieben.

Phil stellte den Koffer ab. Und die Tasche. Zeigte seine leeren Hände.

»Herr Philipp Castro?«, fragte der jüngere Beamte.

In Phil blitzte verblüfftes Erkennen auf. Und Bestürzung, als er begriff.

»Ich bin Hauptkommissar Edel von der Kripo Karlsruhe. Und das ist Sonderermittler Wellendorf-Renz aus Pforzheim. Wir verhaften Sie wegen des dringenden Tatverdachts der vorsätzlichen Tötung von Marius Arndt.«

Ehe Phil sich versah, tasteten geübte Hände über seinen Körper, raubten ihm die Glock. Belehrende Worte drangen auf ihn ein.

Es gelang ihm kaum, seine Machtlosigkeit zu unterdrücken und den anschwellenden Zorn.

»Fuck!«, stieß er aus, während die Handschellen klickten.

Bericht in der BNN, Karlsruhe, eine Woche später:

Mord an der Pyramide rasch aufgeklärt
Dreister Kunstraub in letzter Sekunde vereitelt

Karlsruhe. Dem festgenommenen Dreißigjährigen, der unter dem Namen Philipp C. in einem namhaften Karlsruher Hotel logierte, konnten die Morde an dem in der Szene bekannten Kunstdieb Marius A. und an dem elsässischen Kunst- und Antiquitätenhändler Ferdinand A. nachgewiesen werden. Beide Opfer waren sichtlich an dem versuchten Raub der Herzkapsel von Markgraf Karl III. Wilhelm von Baden-Durlach aus einer Nebenkammer unter der Pyramide am Marktplatz beteiligt. C. verweigert hierzu seine Aussage.

Die bei ihm gefundene Herzkapsel stellte sich als Fälschung heraus. Nichts deutet darauf hin, dass sich in ihrem Hohlraum das Herz des Karlsruher Stadtgründers befunden haben könnte.

Die Ermittler sind sich sicher, dass Ferdinand A., in dessen Haus historische Dokumente aus den Jahren 1738 bis 1745 gefunden wurden, ursächlich die Verantwortung für die kriminelle und frevlerische Bergung der Kostbarkeit getragen hat.

C.s Verhaftung ist auch der Mitwirkung eines Pforzheimer Sonderermittlers zu verdanken, der Recherchen über die aus der Gruft der Pforzheimer St. Michaelskirche verschwundene Herzkapsel anstellte, nachdem er einen eindeutigen Tipp zum Mord an Marius A. erhalten hatte.

Wer die wertvolle, jedoch gefälschte Herzkapsel unter der Pyramide versteckt hat und wohin die echte verschwunden ist, konnte bisher nicht geklärt werden. Ebenfalls überfragt äußerten sich die Ämter für Denkmalpflege der Regierungspräsidien Karlsruhe und Stuttgart. Die markgräfliche Familie hält sich bedeckt.   UG/CK

TATORT ANDERSWO

Rache – kalt kredenzt!

Meuchelnde Zeitgenossen
liegen allzeit auf der Lauer.

DER CLOWN

... UND MIT IHM KAM DAS ENTSETZEN!

Der Tag, an dem ein längst verdrängtes Drama aus seinem Tiefschlaf geschreckt wurde, begann wolkenverhangen, mit heftigen Regengüssen und für einen Sommeranfang viel zu kalt. Es war der Tag vor meinem dreiunddreißigsten Geburtstag.

Der ICE nach München fuhr leise schnurrend und mit fünfzehnminütiger Verspätung in den Pforzheimer Hauptbahnhof ein, und ich zwängte mich inmitten der anderen Fahrgäste in die stickig schwülen Eingeweide seines stählernen Leibs.

Da ich Ausschau nach einem Platz in einem leeren geschlossenen Abteil hielt, durchquerte ich den halben Zug, bis ich den Entschluss fasste, eines zu betreten. Ich suchte Ruhe und die Möglichkeit, meine Präsentationen zu überprüfen, die ich dem Management einer respektablen Autofirma vorführen wollte.

Als Grafik- und Kommunikationsdesigner mit Diplom besitze ich eine Werbeagentur und hatte durch harte Arbeit bei diesem wertvollen Interessenten Aufmerksamkeit erregt. Nun musste ich all mein Können und Wissen mobilisieren, um den gewinnbringenden Erstauftrag an Land zu ziehen. Folglich hatte ich geplant, mich nicht dem Stress der überfüllten Autobahn auszusetzen, sondern entspannt im Zug zu sitzen und die Fahrt sinnvoll zu nutzen.

Den prall gefüllten Aktenkoffer in der rechten Hand, eine Zeitung unter die Achsel geklemmt, zog ich die leichtgängige Tür ins vermeintlich leere Zugabteil der Firstclass auf.

Ich stockte und überlegte kurz, ob ich nach einem anderen Abteil Ausschau halten sollte, denn hier saß schon jemand. Der Zug fuhr an, ich entschied, nicht zu kneifen, und trat mutig ein.

»Äh'm«, stieß ich aus. »Sind die Plätze hier noch frei?«

Der Clown saß mit dem Rücken in Fahrtrichtung und schaute zum Fenster hinaus. Sein Kinn ruhte auf der zur Faust geballten Hand seines am Fensterrahmen aufgestützten Arms. Entgegen all meinen Kenntnissen über Clownskostüme trug dieser ein zitronengelbes Jackett mit aufgenähten karierten Flicken und eine verschlissene Jeans mit aufgeklebten roten Herzen, Karos und dämlichen Grinsgesichtern. Seine Jackenärmel waren zu kurz, orangerote Hemdmanschetten lugten hervor. Ein wuchtiger, blank polierter Aluminiumkoffer beanspruchte die beiden Sitze neben ihm.

Langsam, beinahe marionettenhaft, wandte sich das komplett geschminkte Gesicht mir zu.

»Ich sehe hier niemanden sitzen. Sie etwa?«, entgegnete der Clown mit ruhiger, sonorer Stimme.

Ich stutzte, wusste nicht, ob ich diese Antwort als lustig oder frech bewerten sollte, und sagte halbwegs beleidigt: »Hätte ja sein können, Sie erwarten noch jemanden.«

Oder eventuell weitere Personen hätten sich auf der Toilette befinden können, was ich unausgesprochen ließ.

Der Clown stand auf, überragte mich fast um eine Kopflänge, drängte an mir vorbei, öffnete die Abteiltür, blickte erst nach rechts, dann nach links in den Gang, schüttelte den Kopf, wobei die leuchtend roten Zotteln seines kunstvollen Haaraufsatzes hin und her schlenkerten, schob die Tür zu und ging zurück auf seinen Platz.

»Nein, es kommt niemand mehr. Sie dürfen sich setzen«, sagte er feierlich, nahm seine ursprüngliche Position ein und schaute wieder zum Fenster hinaus.

Ich stand erstarrt, dabei bemüht, nicht nur dem Druck des stetig schneller fahrenden Zuges standzuhalten, sondern auch meine Beherrschung nicht zu verlieren, und überlegte wiederum, ob ich mich nicht doch auf die Suche nach einem anderen Abteil machen sollte. Mein kleiner Vorteil, weil ich keinen Platz reserviert hatte. Kurzerhand verwarf ich dieses Vorhaben als zu kindisch, trat mit festen Schritten vor die leeren Sitze, verstaute meinen Aktenkoffer auf der Ablage und setzte mich dem Clown schräg gegenüber.

Sehr bedacht, ihm nicht zu nahe zu kommen, begann ich, mich intensiv der Zeitung zu widmen.

Der Zug pflügte nun schon zwei Stunden mit meist über hundertachtzig Sachen quer durchs Land in Richtung Süden, der Himmel wurde fortwährend freundlicher. Zwischendurch hielten wir an größeren Stationen. Aber der Clown schien wie ich noch nicht am Ziel zu sein, reglos verharrte er auf seinem Platz.

Das beklemmende Insichgekehrtsein des verkleideten Mannes belastete mich. Schon aufgrund meines Berufes war ich nicht auf den Mund gefallen, sondern gewohnt, Smalltalk zu betreiben. Dem schweigenden Clown hingegen wusste ich nichts entgegenzubringen. Ich vermied sogar jeglichen Blickkontakt.

Die Zeitung hatte ich inzwischen genügend studiert, eigentlich drängte es mich danach, meinen Laptop aus dem Koffer zu holen und die Präsentationen durchzusehen. Dennoch saß ich wie versteinert auf meinem Hintern, den ich kaum mehr spürte, und wagte nicht, die absonderliche Stille zu durchbrechen.

Plötzlich wurde die Tür aufgestoßen. »Die Fahrkarten, bittschön«, rief der Schaffner erbarmungslos laut und trat herein.

Ich zog mein Ticket aus der Brusttasche und überreichte es dem Beamten.

Der Clown rührte sich nicht. Vermutlich war seine Karte bereits vor meinem Zusteigen entwertet worden. Der Schaffner warf ihm auch nur einen streifenden Blick zu, bedankte sich und verschwand.

Diese willkommene Unterbrechung nutzte ich, den Clown zu fragen: »Na, haben Sie noch weit zu fahren?«

Das stilvoll geformte Kunstgesicht mit einem neckischen Hauch von Freundlichkeit auf den wulstig roten Lippen wandte sich von der vorbeirasenden Landschaft ab und lenkte die starrende Aufmerksamkeit seiner nachtschwarzen Augen auf mich. Die großflächige weiße Umrahmung förderte ihre stechende Wirkung.

Ich war mir sicher, hinter der Maskerade ein ziemlich junges Gesicht verborgen zu wissen, zu dem das volltönende Sprechorgan nicht so recht passen wollte. Aber ein Clown profitierte von seiner Stimme, demzufolge war diese wohlklingende Gabe der Natur für jenen hier nur von Vorteil.

Etwa die Hälfte der langen Kunsthaarzotteln ruhte lässig auf seinen Schultern, im Genick war der andere Teil lose zusammengebunden. Ungleichmäßig lange und füllige Ponysträhnen fielen in das schweigende Gesicht. Was verbarg sich hinter dieser Fassade?

»Entschuldigung!«, sagte ich schnell und hob abwehrend die Hände. »Ich wollte nicht unhöflich sein.«

Kopfschüttelnd erhob ich mich, mein verlängerter Rücken kribbelte unangenehm, und hievte meinen Aktenkoffer von der Ablage herunter.

»Weit ist relativ«, antwortete der Clown unverblümt, kullerte seine Augäpfel gen Himmel und zog seine Denkerstirn in gewichtig aussehende Runzeln.

»Wenn ich die Strecke laufen müsste, wäre das ganz schön weit.« Er nickte vor sich hin. »Aber – was sind schon drei Stunden Zugfahrt?«

Er richtete die Augen auf mich, und sein Gesicht strahlte vor leidenschaftlichstem Clownsglück.

»Ja, ja, da haben Sie recht«, gab ich verblüfft zurück, ließ mich in den Sitz fallen und stellte den Koffer neben mich.

Ich wusste tatsächlich nicht, was ich diesem neunmalklugen, unzugänglichen Clown weiter entgegnen oder ihn gar fragen sollte.

»Ich werde in der bayerischen Landeshauptstadt erwartet«, erklärte der Maskierte überraschend weiter, kindliche Fröhlichkeit schwang mit. »Gleich in der Bahnhofsgaststätte. Deshalb habe ich mich schon verkleidet.«

Na, fein. Endlich war der Kerl aufgetaut.

»Wie schön! Findet ein Kindergeburtstag statt?«

Meine Frage verjagte im Nu sein Lächeln, er warf mir einen ernsten Blick zu. Überaus leise und leicht in meine Richtung gebeugt sagte er:

»Warum sollen ausschließlich Kinder aufgeheitert werden? Es gibt viele andere Menschen, die ebenso gerne zum Lachen gebracht werden möchten.«

Er lehnte sich nach hinten, seine Mimik entspannte sich.

Ich atmete durch. »Klar, Entschuldigung. Ich denke automatisch an Kinder, wenn ich lustige Gestalten sehe."

Seine Augen funkelten mich an.

»Ein Clown darf nicht ausnahmslos lustig sein.«

»Ja. Sie haben recht«, warf ich schnell zurück.

Allmählich kam ich ins Schwitzen. Musste der Clown ständig meine Worte belehrend ins Zweifelhafte umkehren? Trotzdem startete ich einen weiteren Versuch.

»Sie geben demnach eine Vorstellung für Erwachsene?«

»Nein.« Er hielt einen Moment inne. »Für Jugendliche.«

Ein kurzes Grinsen, schon vorbei.

»Aha!«, zeigte ich mich verwundert. »Schauen sich Jugendliche heutzutage tatsächlich Clownsvorstellungen an? Also, wenn ich an meine Jugend denke ...« Ich konnte mir ein lautes Auflachen nicht verbeißen.

Wiederum durchbohrten mich seine Blicke, als wollten sie mein Inneres erforschen. Dann formten sich seine Mundwinkel zu einem neuen Lächeln, es erreichte seine Augen jedoch nicht.

Schlagartig packte mich ein längst vergessen geglaubtes Zittern, katapultierte mich gnadenlos mitten in tief vergrabene Erinnerungen.

Erinnerungen an meinen dreizehnten Geburtstag. Erinnerungen, für die ich so viel getan hatte, sie zu löschen, sie aus meinem Gedächtnis zu verjagen, sie für alle Zeit zu tilgen.

Deutlich sah ich alles vor mir, als sei es soeben geschehen und nicht vor zwanzig Jahren.

*

Ich war aus der Schule gekommen und von dem bunt geschmückten Vorgarten des kleinen Häuschens meiner Pflegeeltern überrascht worden. Sie hatten ganze Arbeit geleistet.

Ich wohnte damals bereits über fünf Jahre in dem süddeutschen SOS-Kinderdorf und musste meine neuen »Eltern« mit vielen anderen Kindern teilen. Trotz allem mochte ich sie. Denn es war besser, Eltern zu haben, deren warmherzige Fürsorge auch andere Kinder für sich beanspruchen durften, als Eltern, die ihr einziges Kind links liegen ließen, ständig in Kneipen herumhockten, soffen und kifften. Ich war sieben gewesen, als man mich in der Gosse aufgelesen und in dieses Eldorado gesetzt hatte. Seither hatte ich dafür gekämpft, es nicht mehr verlassen zu müssen, und benutzte sämtliche Tricks, um auch nur annähernd in Frage kommenden Adoptiveltern ihre Entscheidung zu erleichtern, mich dort zu belassen, wo ich war.

Hans und Erika, die sich mittlerweile wohl damit abgefunden hatten, mich bis zu meiner Volljährigkeit unter ihrer Obhut behalten zu müssen, hatten an jenem Nachmittag mit viel Aufwand ein Fest organisiert und als Höhepunkt den Auftritt eines Clowns vorgesehen.

Mir war das damals schon übertrieben kindisch

vorgekommen, ein Ausflug in einen Vergnügungspark wäre mir weitaus lieber gewesen. Aber notgedrungen musste ich zusammen mit den eingeladenen Kindern aus unserem Dorf die Show ansehen.

Bis zu dem Zeitpunkt, an dem die Vorstellung begann, empfand ich Clowns als notwendiges Übel, über die man obendrein mal schmunzeln konnte.

Nach der Vorstellung jedoch, hasste ich Clowns zutiefst.

Die Sonne knallte vom Himmel herunter, und es war abzusehen, dass sich dies auch den ganzen Nachmittag über nicht ändern würde. Deshalb hatten Hans und Erika alles für die Party auf der Terrasse hinter ihrem Haus vorbereitet.

Unter riesigen Sonnenschirmen standen in der Mitte parallel zueinander zwei Biertischgarnituren, um die erwarteten zwanzig Gäste aufzunehmen. Die rechts und links aufgestellten Tapeziertische waren überladen mit einem appetitlich bunten Büfett aus Süßigkeiten und Kuchen mitsamt gut gemischter Getränkeauswahl. Der bloße Anblick sorgte für ein gieriges Anschwellen meines Speichels. Die farbenfroh gemusterten Tischdecken, die mit Clowns verzierten Pappteller, Becher und Servietten schienen zwar eher auf einen Kleinkindergeburtstag hinweisen zu wollen als auf meinen dreizehnten, aber ich nahm es gelassen. Sie meinten es nur gut mit mir.

Erika rannte auf mich zu, umarmte mich stürmisch. »Alles, alles Gute, Clemens«, rief sie und strich mir übers Haar.

Ich zuckte verlegen zurück.

»Ich glaube, ich zieh mir schnell was anderes an, wird wohl heiß werden hier draußen«, sagte ich und rannte hinüber ins Bettenhaus, wo ich ein kleines Zimmer bewohnte.

Wenig später war die Party in vollem Gang. Die Gäste, unter denen sämtliche Altersklassen von neun bis fünfzehn vertreten waren, schlugen sich die Bäuche voll mit Mohrenköpfen, Donuts, farbenfroh verzierten Muffins, Schokoladentortenstückchen, Fruchtsalat mit riesigen Schlagsahnehauben, verschiedenen Puddingsorten und vielem mehr, was Kinderherzen begehrten.

Alle Einzelheiten eröffneten sich mir klar und deutlich sowie die Erinnerung daran, meinen Magen übelst abgefüllt zu haben, weshalb sich mögliche Folgen spürbar ankündigten.

Nach dem großen Fressen kam der Clown. Die Attraktion des Tages – im wahrsten Sinne des Wortes.

Wir alle, wohlerzogen wie wir waren, halfen eifrig mit, die Tische abzuräumen, sie beiseite zu stellen und die Bänke hintereinander aufzureihen.

Der Clown trug ein flattrig weites, blaurotgrüngelbes Harlekinkostüm mit großen roten Puschen, statt Knöpfen, samt einer überdimensionierten blutroten Perücke im Afrolook. Sein übertrieben geschminktes Gesicht mit grellroter Kugelnase gefiel mir überhaupt nicht.

Er schleppte einen riesigen Metallkoffer auf die Terrasse. Hans half ihm dabei. Dazu holte der Clown einen schwarzen, länglichen Lederkoffer und stellte ihn etwas abseits. Mit einem weißen Taschentuch tupfte er sich über die feuchte Stirn, und das Taschentuch verfärbte sich rostrot. Er steckte es schnell weg, grinste in die Runde.

Die Show begann.

Freudig klatschten die jüngeren Kinder in die Hände, lachten nach jedem unsinnigen Satz des irr herumhüpfenden Clowns.

Ich konnte weder lachen noch klatschen, ich sah nur einen Schwachsinnigen vor uns herumalbern. Seine kreischende Stimme wirkte unnatürlich und klang abscheulich. Sein Geschwätz war abgedroschen, seine plumpen Scherze überflüssig. Die meisten lachten vermutlich nur deshalb, weil erwartet wurde, dass man lachte, wenn ein Clown mit dämlichen Verrenkungen vor einem Publikum herumkasperte.

Irgendwann musste ich gähnen. Ich weiß nicht warum. Vielleicht schläferte mich die brütende Hitze ein, vielleicht war ich einfach bloß müde, denn ich hatte am Abend zuvor ziemlich lange gelernt. In der Schule war Endspurt angesagt, und die Lehrer überhäuften uns kurz vor den Ferien mit Arbeiten. Immerhin durfte ich das Gymnasium besuchen, somit wurde auch Engagement erwartet.

Wie gesagt, ich gähnte. Herzhaft und ausgedehnt. Ich schloss die Lider und genoss das tiefe Luftholen. Ich vergaß jeglichen Anstand und legte nicht einmal die Hand über meinen weitaufgerissenen Mund.

Ich hörte ein Flüstern und Kichern, es verebbte.

Dann nichts mehr. Ich merkte nicht sofort, dass ich die Ursache des Schweigens war.

Als ich meine Lider öffnete, starrte mich der Clown an. Und die anderen starrten den Clown an.

Der legte seinen Kopf schief und krächzte:

»Bist du nicht das Geburtstagskind?«

Die Blicke der andern flogen auf mich, ich nickte zaghaft. Es war mir peinlich, so schonungslos im Mittelpunkt zu stehen.

»Du kannst hier nicht einfach gähnen!«

Der Clown legte seine Stirn in Falten, trat näher. Zum Glück saß ich in der zweiten Reihe.

»Ist dir langweilig?«

Wie hell seine Augen waren. Sie funkelten wie bei einer Raubkatze.

Ich schüttelte schnell den Kopf.

»Na, so was! Dir ist langweilig. Dir gefällt meine Show nicht. Habe ich recht?«

Ich schüttelte aufs Neue den Kopf, heftiger, ausdrucksvoller, damit er mir auch glaubte.

»Und was machen wir nun, wenn dem allerwertesten Geburtstagskind langweilig ist? Das können wir ja nicht zulassen! *Oder?!*«

Er ließ seine stechenden Blicke durch die Reihen wandern in Erwartung einer Antwort. Doch jeder blieb sie ihm schuldig, nur verhaltenes Kichern von irgendwoher.

Dicke Schweißtropfen sammelten sich auf der

Clownsstirn, quollen träge auf die Schläfen, rannen über die Wangen und tropften aufs Kostüm.

Ich schluckte den Ekel hinunter, mein Hals war trockener als die Sahara, wandte mich um und suchte nach Erika oder Hans. Von keinem war auch nur das Geringste zu sehen.

»Sie sind ins Haus gegangen«, sagte der Clown mit diabolischem Singsang in der Stimme, als könne er Gedanken lesen. »Denen war wohl auch langweilig.«

Er starrte mich an. Legte dabei die Hände auf den Rücken und stand vor uns wie Napoleon vor seinen Truppen. Seine Augen flatterten von einem zum andern.

»Der Langeweile sollten wir unverzüglich abhelfen, *oder nicht, ihr lieben Kinderlein?*«

Sein Tonfall, dämonisch wie aus einem Horrorfilm, sein verzerrtes Antlitz, als stünde der Teufel persönlich vor uns, die unerträgliche Hitze, als hätte sich das Höllentor aufgetan, alles drehte sich vor mir. Das laute *Jaaa*-Geschrei meiner Gäste, das auflodernde Lachen und Gackern – merkten die denn nicht, dass irgendetwas gehörig falsch lief?

Mir wurde hundeelend. Ich hatte spürbar zu viel in mich hineingestopft, und jetzt ließ mich mein geplagter Magen dafür büßen.

»Kannst du eigentlich nicht reden, Bursche?«, fragte der Clown scharf. »Ihr seid hier wohl alle ein wenig plemplem! Ist es nicht so?«

Mit einem Schlag waren sie mucksmäuschenstill. Irgendwo zirpte ein Vogel.

Meine Freunde haben's kapiert, schoss es mir durch den Kopf.

Der Clown stierte durch die Reihen und grinste blöd. Die Schminke war verwischt, seine Fratze glänzte patschnass.

Ich war kurz davor, mich übergeben zu müssen.

»Darf ich«, würgte ich, »darf ich – bitte – zur Toilette gehen?«

Der Clown fuhr herum. Funkelte mich an.

»Was, du willst zum Pinkeln, während ich mich hier abrackere? Das ist allerhand. Glaubst du, es macht Spaß, mit dieser blöden Perücke und in diesen bescheuerten Klamotten bei der Hitze vor euch den Doofen spielen zu müssen?«

So schnell wie er aufgebraust war, so schnell hatte er sich unter Kontrolle. »Geh nur pinkeln, du verpasst ohnehin nur den Showdown.«

Er lächelte, doch seine Lippen versprühten tiefste Verachtung.

Mir war die Show und auch ihr Down egal, ich sprang schnell auf und rannte ins Haus. Eigentlich sollte ich nach Hans oder Erika suchen, ihnen von dem Clown erzählen, der sich so daneben benahm. Aber mein rebellierender Magen trieb mich weiter in Richtung einer Toilette, und ich flüchtete ins Obergeschoss. Dort war das Badezimmer, das nur ich mitbenutzen durfte, denn ich besaß besondere Privilegien. Die anderen mussten unten bleiben.

Während ich mich übergab und mit der gallenbitteren Magensäure kämpfte, hörte ich ein Mädchen aufschreien. Es klang nach Christa.

Eine Jungenstimme rief nach Hans.

Im nächsten Moment schwappte eine ausbrechende Kreischorgie durch das gekippte Fenster herein. Ich hörte den Clown schimpfen, hörte einen lauten Knall, und alles schien in einem wilden Tohuwabohu zu versinken.

Schöner Showdown! Ich war froh, dem entgangen zu sein.

Endlich fühlte ich mich erleichtert und betätigte die Spülung. Sehr lange, sehr intensiv. Als hätte ich alle Zeit der Welt. Ich spülte meinen Mund. Ausgiebig und radikal. Wusch mein Gesicht und trocknete nach. Gründlich und mit Seelenruhe. Der Tumult auf der Terrasse ließ mich unberührt. Mein Gefühl befahl mir, beeil dich nicht. Alles, was ich hörte, bestärkte mich, im sicheren Badezimmer zu bleiben.

Aber was spielte sich da draußen ab?

Schließlich siegte die Neugier. Ich schob den Vorhang zur Seite und schaute durchs Fenster, das in Richtung der Zufahrtsstraße lag. Unten am Parkplatz stand ein dunkelblauer VW-Bus. Der gehörte wohl dem Clown. Die Scheiben waren mit schwarzer Folie verklebt und keine lustige Reklame wies auf den Beruf seines Besitzers hin.

Auf die Terrasse hatte ich keine Sicht. Das war auch nicht mehr von Belang. Der Clown kam ums Eck gerannt. Seine rechte Hand umklammerte ein Gewehr, in seinem linken Arm klemmte ein schreiendes, zappelndes Bündel.

Ich erkannte die kleine neunjährige Christa. Sie

war erst vor zwei Monaten zu uns gestoßen, nachdem ihre Mutter im Drogenrausch verreckt war und der Vater sich ins Ausland abgesetzt hatte. Christa war schüchtern, lieb und nett und hatte sich gut bei uns eingelebt.

Jetzt jedenfalls war sie in der Gewalt des Clowns. Ausgerechnet sie, die sich vor wenigen Minuten so herzhaft an ihm erfreut hatte, strampelte und wand sich im Arm ihres Kidnappers, bis er sie loslassen musste. Trotzdem konnte sie nicht entkommen. Er krallte sich ihren Pferdeschwanz, zerrte sie zum Auto, stieß energisch die Seitentür auf und trieb sie ins schwarze Innere.

Ich verfluchte meinen feigen Rückzug und erwog, einzugreifen. Leider währte der heldenhafte Gedanke nur einen Atemzug lang, denn – was hätte ich überhaupt tun können?

Die aufgeregte Stimme Erikas, vermutlich telefonierte sie, drang laut aus der Wohnstube herauf.

Im selben Moment kam Hans um die Hausecke geflitzt und rannte geradewegs auf den VW-Bus zu. Bösartige Worte ausstoßend, Worte, die er uns verboten hatte, in den Mund zu nehmen, versuchte er, nach Christa zu greifen.

Umsonst.

Der Clown hatte in Windeseile die Autotür zugezogen und hieb den Griff seiner Waffe hart in Hans' Magen, brachte ihn ins Straucheln.

»Hau ab!«, bellte der Clown. »Das ist meine Tochter. Sie hat bei mir zu wohnen und nicht bei diesen verblödeten Schwachköpfen!«

Er sprang auf den Fahrersitz, zerrte die Tür zu. Startete gleichzeitig und wendete das Auto. Die Reifen quietschten, als schrien sie um Gnade.

Verloren stand Hans da und krümmte sich sichtlich vor Schmerz.

Der wildgewordene Clown gab Vollgas, raste quer über den Vorplatz, auf dem immer die Busse hielten, dann die Auffahrtsstraße hinunter. Ich konnte die Konturen von Christas Gesicht hinter der dunklen Scheibe erkennen und ihre kleinen Hände, mit denen sie verzweifelt dagegen patschte. Ich erahnte ihren panisch geöffneten Mund, Hilfeschreie ausstoßend, und keiner hörte sie, keiner war in der Lage, ihr beizustehen.

Hier hätte das Drama enden können, es hätte genügt, um meine zerrüttete Seele zu drangsalieren. Aber nein, das Schicksal hatte weit mehr auf Lager.

Der Bus, der sechsmal täglich unsere kleine Siedlung anfuhr, näherte sich. Ich kannte sein Brummen, den säuselnden Ton, das gewisse Pfusen, wenn der Fahrer bremste, den Gang herunterschaltete, um schlussendlich ganz sachte unsere Einfahrt anzupeilen. Der Bus passte knapp zwischen die schneeweißen Pfosten der Umzäunung hindurch. Er fuhr stets den Wendeplatz an, hielt, ließ die Fahrgäste bei laufendem Motor ein- oder aussteigen, um gleich darauf zu starten, abzubiegen und zu verschwinden.

Heute kam er gar nicht so weit. Heute kam ihm der Clown in die Quere, der in derselben Sekunde in die Landstraße donnerte, in welcher der Busfahrer seinen Gang herunterschaltete.

Der Clown fuhr zu schnell, achtete nicht auf das nahende Fahrzeug und verlor nach wenigen Metern die Kontrolle über den Multivan. Dieser schleuderte, prallte auf den Bus, bäumte sich mit dem Hinterteil auf wie ein bockiges Wildpferd und wirbelte irgendwohin ins Nichts.

Ich hörte das harte Bremsen des massigen Gefährts, das kurze, heftige Quietschen der schweren Reifen und das grausame Scheppern zerberstenden Metalls. Sah die kleine Christa im Geiste vor mir, wie sie brutal herumgewirbelt wurde.

Hörte mich schreien, »*Christa, komm raus, schnell, komm raus, gleich brennt es!*«, obwohl ich nicht sicher sein konnte, dass es brennen würde, aber ich hatte es schon in Filmen gesehen.

Ich riss das Fenster auf. Ein Blumentopf krachte auf den cremefarbenen Fliesenboden, was allein mein Unterbewusstsein aufnahm, und ich schrie in einem fort, ich weiß nicht mehr, was.

Durch das zarte Laub der Birken hindurch sah ich den stehenden Omnibus in seiner vollen Länge, den Van sah ich nicht mehr.

Für den Moment eines Wimpernschlags war es still. Mein Schreien verstummte. Die Welt schien zu stehen.

Dann folgte der Schlag, so laut, so donnernd und tosend, als ob tausend Silvesterkanonenböller auf einmal explodierten. Die Erde bebte, das Haus erzitterte, irgendetwas klirrte leise.

Sofort war mir klar, der Kerl musste Munition in seinem Auto gehabt haben. Vielleicht noch andere Waffen. Womöglich war er der polizeilich gesuchte Waffenhändler, über den meine Pflegeeltern kürzlich geredet hatten. Und der hatte den VW-Van vollgepackt mit seiner gefährlichen Ware. Und all das detonierte jetzt.

Meine Gedanken überschlugen sich. Eigentlich konnte ich überhaupt nichts mehr denken.

Hinter dem Bus stieg eine schwarze Rauchsäule empor, es krachte noch mehrmals hintereinander, dabei verloren die Detonationen ihre Intensität.

»Arme Christa«, flüsterte ich ergriffen. Aber vermutlich würde sie nichts mehr spüren, nach solch einem Inferno musste man tot sein.

Auch der Clown dürfte nicht überlebt haben.

Meine Trauer wechselte um in Schadenfreude. Gott sei Dank, dieser bitterböse Clown war tot. Tot für alle Zeit. Der konnte niemanden mehr dumm angrinsen, erschrecken oder entführen.

Gellendes Geschrei drang in mein Bewusstsein. Ein Geschrei, das mithalf, diesen herrlichen Sommertag endgültig in einen bösen Traum zu verwandeln. Das Schreien meiner Freunde, die da unten standen und genauso bestürzt den Unfall miterlebten wie ich.

Ich sah andere Jugendliche herbeiströmen.

Ich sah Hans vergeblich versuchen, alle zu verscheuchen. Das reinste Chaos.

Ich sah ein paar ältere Jungs, allen voran der sechzehnjährige Lutz Hausermann, zu den verunglückten Autos hinrennen. Hans jagte hinterher. Vielleicht wollten sie helfen, vielleicht nur gaffen, vielleicht konnten sie gar nichts mehr tun.

Ich hörte Erika, wie sie ungewohnt streng die Kinder hinters Haus dirigierte.

Und ich hörte endlich Martinshörner, die sich näherten. Es wurden zunehmend mehr. Als die Rettungsfahrzeuge blinkend die Straße blockierten, staunte ich. So viele auf einen Haufen, so ein Spektakel hatte ich bis dahin nicht gesehen.

Wer weiß, wie lange ich noch aus dem Fenster gegafft hätte, wenn mich nicht Erikas sanfte Stimme aus diesem Wahnsinn befreit hätte. Was sie sagte, begriff ich nicht, nur, dass sie etwas sagte. Sie legte ihre Arme um mich und zog mich behutsam hinüber in ihr Schlafzimmer.

Sie gab mir zu trinken, und ich entzog mich sanft diesem Grauen.

Tagelang fanden Gespräche statt, mit der Polizei und Therapeuten und sonstigen Klugscheißern, keiner konnte mir helfen. Die Bemühungen der Experten prallten an mir ab, aber ich beließ sie in dem Glauben, erfolgreich gewesen zu sein.

Mein Ziel war nicht das Verarbeiten, sondern das Vergessen.

Ich redete das Nötigste und konzentrierte mich auf die Schule, bekam allmählich mein unkontrolliertes Zittern in den Griff. Lesen und Lernen waren die beste Ablenkung. Ich brauchte nicht alleine in meinem Zimmer sitzen, ich durfte mich im Esszimmer von Hans und Erika aufhalten und mich mit Süßigkeiten verwöhnen lassen.

Das schaffte Neider. Es gibt immer einen Menschen, der einen anderen um etwas beneidet. Bei manchen hält es sich im Rahmen, bei manchen nicht.

Lutz Hausermann war solch ein fürchterlich neidischer Genosse. Obwohl er keinen Grund gehabt hätte. Denn er gehörte zu den Auserlesenen, die irgendwelche besorgte Paten besaßen, deren Gewissen durch die milde Gabe wertvoller Geschenke beruhigt wurde. Unter seinen Geschenken hatte sich kürzlich ein exklusiver Fotoapparat befunden. Zwar nicht das neueste Modell, doch das hielt den überglücklichen Lutz nicht davon ab, zu knipsen, was ihm vors Objektiv geriet.

Er war seit jeher ein Provokant gewesen und liebte es, blankes Grausen in seinen Mitmenschen hervorrufen zu können. Schon damals hatte ich geahnt, dass er nur glücklich werden würde, wenn er diese Leidenschaft auch beruflich ausführte. Heute ist er Skandalreporter und kassiert überdies einen Haufen Geld für seine schmutzigen Fotos.

Vielleicht hätte sich mein gänzlich misslungener dreizehnter Geburtstag nicht so tief in meine Seele gebrannt, wenn Lutz mir nicht zwei Wochen später aufgelauert hätte.

»Hey, Clemens, ich will dir was Interessantes zeigen. Das haste noch nie gesehen. Bestimmt.«

Er fuchtelte mit einem länglichen hellgrünen Umschlag vor meiner Nase herum.

»Sind das Fotos?«, fragte ich neugierig.

»Ja, mit meiner neuen Kamera aufgenommen. Sind echt klasse. Willst du sie sehen?«

»Natürlich!«

Klar, warum nicht. Was sprach dagegen, die Fotos eines sechzehnjährigen Jungen anschauen zu wollen, mit dem ich schon viele Jahre im selben Heim verbracht hatte und ganz gut auskam? Hätte ich nur abgelehnt. Ich wusste, wie gemein und gehässig Lutz sein konnte.

Er kramte einen Stapel Fotos aus dem Umschlag und drückte ihn mir in die Hand. Von irgendwoher rief Erika nach mir. Was ich ignorierte.

Ich versank in den Bildern, betrachtete eins ums andere. Und Bild um Bild wurden sie schrecklicher. Der verbeulte Bus, der am Kopf blutende Busfahrer, eine weinende Frau am Straßenrand kauernd, eine Rauchwand, ein zerfetztes Auto drapiert inmitten der grünen Wiese, ein verkohlter Körper, viel zu klein, grässlich entstellt. Eine Nahaufnahme, Augenhöhlen glotzten mich an. War das Christa?

Meine Knie wurden weich, schwammig, wollten mich kaum noch tragen.

Und wieder ein Foto, eine verkohlte Leiche, größer, wohl ein Mann, im Nu das nächste Foto, ein weiterer Toter, der Clown, blutüberströmt und mit verrenkten Gliedmaßen auf dem Asphalt liegend. Drei Tote?

Alles drehte sich, ich fiel ins Bodenlose, und als ich erwachte, lag ich auf der Wohnzimmercouch meiner Pflegeeltern.

Ich hörte Hans nebenan schimpfen und zetern und wie er Lutz drohte.

»Warum drei?«, nuschelte ich. Meine Zunge klebte am Gaumen.

»Psst. Ganz ruhig! Christa hat nicht leiden müssen. Es ging zu schnell.« Erika saß neben mir und strich durch mein Haar.

»Warum drei?!« Mein Versuch zu schreien endete in einem heißeren Krächzen.

»Das war der echte Clown, der von Christas Vater überwältigt worden war.«

*

Wie hatte ich mir Mühe gegeben, alles zu verdrängen, zu vergessen, von meiner Speicherplatte im Gehirn zu kratzen, für alle Zeit. Ich hatte viele Jahre mein Dasein ohne diese Erinnerung geführt, nun hatte sie sich reanimiert und baute sich in voller Größe vor mir auf. Grauenhaft real.

Leider – oder Gott sei Dank? – hatte ich keine Zeit mehr, mich ihr zu widmen, denn Stimmen drangen zu mir hindurch, und ich fühlte, dass der Zug stand. Wer weiß, wie lange schon.

Und der Clown war verschwunden.

Erschrocken schaute ich aus dem Fenster und stellte fest, dass wir im Münchener Hauptbahnhof standen. So schnell es mir möglich war, packte ich meine Sachen, verließ den Zug, gerade rechtzeitig, bevor dieser sich zur Weiterfahrt rüstete.

Ein aufdringliches Hungergefühl ließ mich nach

der Bahnhofsgaststätte suchen, und ein Blick auf die Uhr gewährte mir eine dreiviertel Stunde, bevor ich mir ein Taxi besorgen musste.

Ich näherte mich der Gaststätte, hörte mitreißendes Lachen herausdringen. Während ich die Tür öffnete und eintrat, strömte mir die wohltönende Stimme eines Witze erzählenden Mannes entgegen. Die hintere Hälfte des weiträumigen Lokals war belegt von einer etwa dreißigköpfigen Gruppe vergnügter Jugendlicher. Angezogen von ihrer Heiterkeit wählte ich einen Tisch in ihrer Nähe.

Das Alter der meisten konnte ich wegen ihrer krankheitsbedingt entstellten Gesichter nicht einschätzen. Viele saßen in Rollstühlen. Ich bemerkte fünf Betreuer.

Inmitten der Gruppe hatte der Clown seinen Koffer geöffnet und kramte herum. Sogleich begann er, mit Bällen, Tellern und Reifen zu jonglieren und Zaubertricks mit Tüchern und Plastiktieren vorzuführen, beständig durchsetzt mit wirklich humorvollen Geschichten und Anekdoten.

Mir entwich ein Lacher, gleichzeitig traf mich der Blick des Clowns. Mein Herz stolperte, ich atmete hart durch. *Halt jetzt bloß die Klappe, Clown!*

Als erriete er meine insgeheime Drohung, warf er mir nur ein spitzbübisches Schmunzeln zu und widmete sich weiter seinen Zuschauern.

Erleichtert und zum ersten Mal in meinem Leben vergnügte ich mich, wenn auch viel zu kurz, an der Show eines Clowns.

Der Nachmittag bei meinem neuen Kunden verging rasend und entwickelte sich äußerst erfolgreich. Überglücklich nahm ich ein leeres Abteil des Abendzuges in Beschlag.

Ein kleines bisschen Wehmut wollte sich aufdrängen, als ich daran dachte, mit niemandem meine Freude teilen zu können. Abgesehen von meinen Mitarbeitern.

Kurz vor der Abfahrt stemmte ein langhaariger junger Mann die Tür des Abteils auf, nickte kurz und setzte sich mir gegenüber. Aus dem verschlissenen Eastpak-Rucksack, den er von seinem Rücken herunterzerrte, wühlte er ein zerfleddertes Buch und begann zu lesen.

Im Gegensatz zur Herfahrt genoss ich mit allen Sinnen den Blick aus dem Fenster. Die Landschaft flog vorbei, die untergehende Sonne bestrahlte sie warm und farbenprächtig. Dass mich abermals ein schweigendes Gegenüber begleitete, war mir gleichgültig.

Der Schaffner tauchte auf und verlangte die Tickets. Er bedankte sich, und der junge Mann sagte:

»Bitte.«

Mir stockte der Atem.

Diese Stimme. Diese sonore, ruhige Stimme.

Ich fokussierte den Burschen. Er warf den Blick zurück.

Ja, er hatte dunkle Augen, ein sattes Dunkelbraun, vielleicht nicht ganz so schwarz, wie es heute Morgen den Anschein hatte. Sein krauses blondes Haar fiel lässig auf seine Schultern. Er trug ein olivgrünes T-Shirt sowie eine ausgebleichte Jeans, und er machte ganz und gar nicht den Eindruck, einen Clown mimen zu mögen.

Die Mundwinkel des jungen Mannes begannen zu zuckten, er schien Mühe zu haben, sie unter Kontrolle zu halten. Schließlich lachte er auf und prustete los.

»Ja! Ja, ich bin's. Ich bin der Clown. So ein Zufall aber auch!«

Ausgiebig fixierte ich das charmante Gesicht.

»Der Koffer ...?«

»Den habe ich dort gelassen. Sie haben mich für das Wochenende erneut gebucht.«

Augenblicklich kamen wir mühelos in vertrauliche Gespräche. Der Clown verriet mir seinen Namen und vieles mehr.

René studiert Pädagogik und Psychologie, und ich erzählte ihm alles.

*

Heute, in aller Herrgottsfrühe, hat er tatsächlich die Unverfrorenheit besessen, mich mit unerbittlichem Telefongeklingel aus dem Bett zu schmeißen und mir zum dreiunddreißigsten Geburtstag zu gratulieren.

Er hat mich überzeugt, nach zwanzig Jahren Abstinenz mein Wiegenfest wieder feiern zu wollen.

Und die Erinnerung? Hat ihre Intensität verloren. René, der Clown, beschwor sie nicht nur herauf, er wies sie auch in ihre Grenzen.

Nun ruht sie gemeinsam mit anderen unangenehmen Erinnerungsergüssen in den unendlichen Tiefen meiner Gehirnwindungen, und mit dem Beenden dieser Niederschrift halte ich sie in Schach, damit sie mir nie mehr einen Hinterhalt stellen kann.

Mein Geburtstagsgeschenk an mich.

Ich fühle mich frei und leicht und zittere nicht mehr.

Rien ne va plus
– Nichts geht mehr

Der Himmel über den sattgrünen Tannen klärte sich auf. Zaghaft suchten diffuse Sonnenstrahlen ihren Weg durch die nassen Äste, brachten die Tropfen zum Glänzen, die Bäume zum Leuchten und die Farne und Gräser zum Funkeln.

Maximilian Feldmann überlegte, wann er das letzte Mal einen Wald betreten hatte und nach würziger Luft schnappend über holprige Wege gestolpert war. Die Erinnerung daran hatte er schon vor vielen Jahren ausgeblendet.

Vorigen Monat war er dreiundvierzig geworden und hatte festgestellt, dass Karriere nicht unbedingt die Garantie für ein glückliches Leben barg. Seine Ehe war gescheitert, und auch die Beziehung zu seiner neuen Partnerin stand bereits auf der Kippe. Unbestritten, er verdiente als Hedgefonds-Manager ein Vermögen, besaß alles, was es zu besitzen lohnte. Allerdings fehlte ein wichtiger Aspekt: Freizeit.

Er hatte keine Zeit für die Interessen seiner Frau aufgebracht, keine Zeit, um Gedanken an eigene Kinder zu verschwenden oder gar für irgendwelche Annehmlichkeiten, die das Leben bot. Sein Beruf war nicht mehr nur eine Berufung, er war zu seinem einzigen Lebensinhalt geworden. Ja, er hatte weitaus Lukrativeres erreicht, als er zu träumen wagte, und doch gab es etwas, das er mit aller Macht bis zum völligen Vergessen verdrängt hatte. Bis ein ominöser Brief, eingepackt in einen himmelblauen Umschlag, bei seiner Geschäftspost lag und ihn auf einen abgelegenen Parkplatz am Rande des Schwarzwalds beorderte.

Max hätte den Brief ignorieren oder in den Reißwolf stecken sollen. Aber er hatte nichts dergleichen getan. Er war geradewegs ins Auto gesessen und losgefahren, genau nach Anweisung, war zwei Stunden lang über die Autobahn gejagt, mit der Stadt im Breisgau zum Ziel, wo er während seines VWL-Studiums gelebt hatte.

Und nun quälte er sich nach einem heftigen Gewitterregen durch diesen Wald. Er fluchte laut vor sich hin, bangte um seine hochwertigen Lederschuhe, denn der naturbelassene Weg war aufgeweicht, glitschig und mit Pfützen übersät. Gummistiefel wären angebracht gewesen, allerdings hatte er das letzte Paar vor einer Ewigkeit entsorgt.

Selbst wenn er noch welche besessen hätte, wäre er kaum auf die Idee gekommen, sie mitzunehmen. Max Feldmann war mit Leib und Seele Stadtmensch und betrat niemals freiwillig ein pures Stück Erde. Seine Natur bestand aus befestigten, sauber gefegten Parkwegen und einem mittelprächtigen Buchsbaum, der ein einsames Dasein auf der Terrasse seines Penthauses fristete. Die Tücken wildwüchsiger Flora samt freilebender Fauna hatte er schon früher verabscheut. Deshalb war der Gedanke, mit seinen Grundsätzen brechen zu müssen, gar nicht aufgekommen.

Einmal nur, ein einziges Mal hatte er sich überreden lassen, entgegen seiner Gepflogenheiten zu handeln. Das war kurz vor Ende seines Studiums gewesen, als er besessen von Ehrgeiz seinen Weg in Richtung Karriere eingeschlagen hatte. Sein Leben war bis dahin ohnehin viel zu unübersichtlich verlaufen. Lernen, jobben, ausgehen, immer auf Trab, immer auf der Jagd nach etwas Neuem, sei es im Rahmen seines Wirtschaftsstudiums, sei es, um sich zu entspannen. Dabei hatte auch Lena seinen Weg gekreuzt, sie war Abiturientin und bediente in einer Bar. Sie hätte ihm beinah einen Strich durch die Rechnung gemacht.

Verflucht! Versunken in unnützes Grübeln, das ihn wie ein Rudel Wölfe attackierte, trat er mitten in eine heimtückische Lache. Die durchweichten Schuhe würde er in den Müll werfen können, die verspritzte Hose gleich dazu.

Dieser verdammte Brief! Wer war der Verfasser? Lena sicher nicht, sie war schon lange tot und vermodert. Aber wer wusste von seiner Liaison mit ihr? Er hatte niemals jemandem davon erzählt, es wäre zu peinlich gewesen. Er, der Sohn eines weltgewandten Diplomaten, und die Tochter eines ungehobelten Fernfahrers – nein danke! Für einen

One-Night-Stand war Lena okay gewesen, mehr hatte er nicht gewollt. Dieses aufsässige Weibsbild dagegen schon. Regelrecht belästigt hatte sie ihn und von einer Party weggelockt. Wollte eine Aussprache erzwingen. Das war auch die einzige ihrer Forderungen, auf die er eingegangen war.

Max quälte sich die Steigung hinauf, was ihm einen ungeheuren Kraftakt abverlangte, auf dem seifigen Weg rutschte er stellenweise aus wie auf einem vereisten Gehsteig. Missmutig stapfte er weiter, bis sich der Wald zu lichten begann. Endlich erspähte er die beschriebene Holzhütte. Er hatte keine Ahnung, wer ihn dort erwarten wollte, er wusste nur, dass er sich diesem Treffen nicht entziehen durfte. Schon, um seine Karriere nicht zu gefährden.

Ein flaues Gefühl schlich sich ein, eroberte seine Innereien, zerdrückte sein Herz. Energisch schüttelte er den Kopf. Nein, nicht mit ihm.

Die Hütte war eingekesselt von wildem Dickicht und abgestandenem Gras, ihre breite Veranda übersät mit Scherben und Unrat. Beherzt stieß er die angelehnte Tür auf. Muffiger Gestank quoll ihm aus der Finsternis entgegen. Die Fensterläden waren geschlossen und dem Anschein nach fest verriegelt.

Angewidert wandte er sich ab, und während er sich umsah, erkannte er das Wiesengrundstück plötzlich wieder. Hier war er schon einmal gewesen, hier war es passiert. Doch da hatte noch keine

Hütte gestanden. Nur Zelte um ein provisorisch errichtetes Lagerfeuer in einer warmen Sommernacht. Sie hatten eine Fete veranstaltet mit viel Alkohol, etlichen Joints und einem Gitarrenspieler, der sie alle in eine unkontrollierbare Stimmung versetzt hatte.

Ein Anflug von Panik überrollte ihn. Er sprang in zwei Sätzen die Verandastufen hinab, nichts wie weg.

Das lauter werdende Jaulen und Knattern eines Motors veranlasste ihn, innezuhalten. Womöglich trainierte jemand mit einer Motocross-Maschine. Der Lärm erstarb. Die Stille ließ sogar die Vögel schweigen.

Es knackte und raschelte seitlich der Hütte. Max fuhr herum. Starrte lauernd ins wildgewachsene Blattwerk.

»Hi«, kündigte eine jugendliche Stimme einen behelmten Burschen in dunkler Motorradmontur an, während er sich aus dem Unterholz herausschlängelte.

»Herr Max Feldmann?«

Selbstsicher streckte ihm der Bengel seine rechte Hand entgegen, in der andern hielt er schwarze Lederhandschuhe.

Max erwiderte weder die Frage noch den Gruß.

Der Motorradfahrer zog seine Hand zurück.

»Schön einsam hier, nicht wahr? Und so romantisch«, sagte er mit befremdlichem Sarkasmus in der Stimme.

Max kniff die Augen zusammen.

»Wer sind Sie?«

»Mein Name ist Späth, Leon Späth.«

»Ich kenne Sie nicht«, knurrte Max.

Der junge Mann zog den Helm ab und schüttelte seine blondgelockte Haarpracht.

»Sie dürfen mich Leon nennen.«

Max stieß hart die Luft aus seinen Lungen.

»Sie sind der Briefschreiber?«

Der Junge streckte kurz seinen Daumen in die Höhe, legte behutsam den Helm am Rand der Veranda ab, drapierte die Handschuhe daneben.

Max vibrierte vor Ungeduld. »Warum haben Sie mich hierher bestellt?«

»Wenn Sie's nicht schon wüssten, wären Sie nicht aufgetaucht.«

»Was muss ich wissen?«

»Soll ich Ihnen mein Alter verraten?«

»Das interessiert mich nicht.« Max schien wirklich einem Blender aufgesessen zu sein. »Kommen Sie zur Sache, oder ich verlasse umgehend diesen Ort.«

Leon Späth grinste lausbubenhaft, beinah frech. So, als wäre er glücklich über einen gelungenen Streich, den er seinem größten Feind hatte spielen können.

»Ich denke, ich verrate Ihnen mein Alter. Ich bin letzte Woche 18 geworden.«

»Na, gratuliere.«

Max drängte verärgert an Leon vorbei.

»Sagt Ihnen das nichts?«, blieb der Bengel hartnäckig und packte ihn am Jackenärmel.

»Viele sind achtzehn. Lassen Sie mich los!«

Max versetzte dem Jungen einen Stoß gegen die Brust und ging zwei, drei Schritte den Weg zurück, den er gekommen war.

»Ihren Job können Sie an den Nagel hängen«, rief ihm der Knabe nach.

Max stockte und wandte sich um. »Was willst du? Mich erpressen?«

»Ich? Im Gegensatz zu Ihnen lebe ich gesetzestreu.«

Der plötzlich scharfe Ton des blonden Burschen gefiel Max nicht. Er schaute Leon fest in die hellen Augen, konnte darin keinerlei Boshaftigkeit erkennen. Sie leuchteten klar und offen. Beinahe wie ... Tatsächlich! Nun sah er Lenas hübsche Augen vor sich. Faszinierende Augen. Jedoch mehr hatte sie ihm nicht zu bieten vermocht. Sie war nicht sein Typ gewesen. Warum hatte sie das nicht kapieren wollen? Alles wäre viel einfacher gewesen. Und vermutlich würde sie heute noch leben.

Welche Rolle spielte der aufdringliche Spund in dieser prekären Angelegenheit? Dass er darin verwickelt war, ließ sich nicht bestreiten.

Leon grinste breit. »Jetzt haben Sie's geschnallt, he? Ja, ich bin Lenas Sohn. Und *Ihr* Sohn.« Er tippte Max mit spitzem Finger auf die Brust.

»Aber sie war tot.« Max fühlte seine Sicherheit schwinden, eine Klammer zwängte sich um seine Brust.

»Falsch gedacht! Ihre Schläge bewirkten nicht das Gewünschte. Sie hätten Medizin studieren sollen. Dann hätten Sie ihre Bewusstlosigkeit erkannt. Aber vielleicht war's besser so, sonst hätten Sie ihr tatsächlich den Schädel eingedroschen.«

»So war das nicht ...«

Max zweifelte an seinem Verstand. Wie konnte das möglich sein? Intrigierte jemand gegen ihn?

»Nein?« Leon legte den Kopf schief, zog die Stirn kraus.

Max vergrößerte den Abstand zu ihm, machte einen Schritt rückwärts.

»Ich habe sie gestoßen. Nur gestoßen. Nicht geschlagen. Ich war zornig, sie wollte mich mit ihrer Schwangerschaft erpressen. Sie ist nach hinten gekippt, mit dem Kopf auf einen Stein gefallen und rührte sich nicht mehr. Ich sah das viele Blut und geriet in Panik. Aber wieso hat man sie als vermisst gemeldet, wenn sie gefunden wurde?«

Die Worte kamen über seine Lippen, obwohl er hätte schweigen sollen. Nun war es zu spät.

»Als ich aufwachte, war es dunkel, und ich war alleine«, sagte eine sanfte Stimme.

Er entdeckte die knabenhaft zierliche Frau in abgewetzten Jeans und hellem T-Shirt, als sie ebenfalls dem Buschwerk entstieg. Ihr kurzes, blondgesträhntes Haar klebte wirr in ihrem Gesicht.

»Du lebst?« Max glaubte sich in einem bitterbösen Traum. Zeitgleich wusste er, sein Leben würde wie ein Kartenhaus zusammenbrechen.

Lena sah ihm geradewegs in die Augen.

»Nach meiner Odyssee durch den Wald griff mich ein zurückgezogen lebender Bergbauer auf, nahm mich liebevoll in seine Obhut und umsorgte mich. Ich war nicht allzu schwer verletzt, dennoch folgte eine monatelang anhaltende Amnesie. Der Bauer wurde nicht nur mein Mann, sondern ist unserem Sohn dazu ein guter Vater. Wir haben lange mit uns gerungen, ob wir dich ausfindig machen lassen sollen, und noch länger, um dich zu überführen. Du hattest damals billigend meinen Tod in Kauf genommen – unseren Tod.«

Lena drückte sich an Leon und legte ihren Arm um ihn. »Aber jetzt ist die Zeit reif.«

»Reif? Wofür?« Max presste die Frage heraus, obwohl er sich im Klaren war, wie absurd sie klang.

Lena lächelte verhalten. »Um deiner Karriere eine neue Richtung zu verpassen, mein Lieber.«

Holzplanken knarrten, und zwei zivil gekleidete Männer traten aus dem Dunkel der Hütte. Sie marschierten zielstrebig auf ihn zu, der ältere zeigte ihm einen Dienstausweis und sagte:

»Herr Maximilian Feldmann, ich bitte Sie, mit uns zu kommen. Sie sind vorläufig festgenommen.«

Der jüngere langte nach seinen Handgelenken. Stählerne Schließen schnappten zu.

Maximilian Feldmann, ausgestattet mit der Macht des Geldes und mit allen Wassern gewaschen, schnaubte zornig auf. Er war in eine Falle geraten.

Eine simple, perfide Scheißfalle.

Wenn einer den anderen verlässt,
wenn einer des anderen Glück zerstört,
soll dieser Dolch Vergeltung bringen,
soll dem Vernichter das Leben nehmen.

Das Hochzeitsgeschenk

»Und hiermit erkläre ich Sie für Mann und Frau. Sie dürfen die Braut jetzt küssen.«

Florian beugte sich zu ihr herab und tat, was der Pfarrer angeordnet hatte. Er küsste Constanza. Heiß und innig, als gäbe es kein Später. Als befänden sie sich allein auf einem verlassenen Fleckchen Erde und nicht vor einer Hundertschaft klatschender Gäste im märchenhaft geschmückten Park des nobelsten Hotels der gesamten Gegend.

»Es reicht«, presste Constanza lachend hervor und befreite sich aus der überschwänglichen Umarmung ihres Frischangetrauten.

Der kirchliche Part dieser Traumhochzeit fand nicht im Hause Gottes statt, sondern wie in einem Hollywood-Film mitten im Fünf-Sterne-Grün. Sie waren sich diesbezüglich einig gewesen. Sie als unverbesserliche Romantikerin, er als Atheist.

Constanzas Vater hingegen war Süditaliener und erzkatholisch. Weshalb er sich schwer tat, nachzugeben. Der auserwählte Pfarrer selbstverständlich auch. Den Vater konnte Constanza mit harten Fakten überzeugen, und der Vater wiederum den Pfarrer mit harten Euros. Wenn Geld fließt, geht alles. Auch eine katholische Hochzeit ohne Kirche auf ungeweihtem Boden.

Also feierten sie auf diesem famosen Gelände, und die Sonne zeigte sich ebenso präsent wie die Securities an allen Ecken und Enden. Nicht nur Constanza fühlte überbordendes Glück in ihrem Herzen, auch Florian zeigte ausgelassene Fröhlichkeit.

Sogar ihr Vater hatte eingesehen, dass sein Clan und die anderen Gäste hier sicherer aufgehoben waren, als in unüberschaubaren Gotteshäusern und auf unkontrollierbaren Straßen, trotz gepanzerter Limousinen. Stolz wie ein Pfau frönte er in seiner Rolle als betuchter Brautvater und befehlsgewohnter Patriarch. Unbestritten, ihr Vater war reich, stinkreich, und alle Welt lag ihm zu Füßen. Ob freiwillig oder erzwungen, Constanza hatte diesen Aspekt nie hinterfragen wollen. Sie ließ ihn gewähren, so wie er ihren Großvater hatte gewähren lassen, bis zu dessen ungeplanten Ableben.

Ihre Mutter gab sich wie stets als elegante Gastgeberin, anspruchsvolle Ehefrau und heute eben als genießende Brautmutter.

Das Mittagsbüfett war geplündert, die Mägen gefüllt, und eine lockere Gelassenheit ließ die Gästeschar in zufällig gebildeten Gruppen entweder durch den Park schlendern oder schwatzend in Sitzgruppen und an Bistrotischen verweilen.

Constanza suchte nach Florian, fand ihn im Kreise seiner Familie, allesamt stammend aus biederen mittelschichtigen Verhältnissen, allesamt Angehörige der nichtselbstständigen Angestellten- oder Arbeiterklasse. Was sie nicht störte. Im Gegenteil, sie begrüßte die naive Ahnungslosigkeit und den sehnsüchtigen Appetit in deren Augen. Ja, obwohl sich Florians Eltern gewisse Vorbehalte gegenüber diesem gravierenden Standesunterschied nicht hatten verkneifen können, freuten sie sich für ihren Sohn, eine offenbar gute Partie gemacht zu haben. Und heute saßen alle beieinander, feierten einträchtig, machten sich keine Gedanken über Kosten oder sonst was. Selbst ihr Papa nicht, der sich entspannt in seiner Großzügigkeit aalte.

»Na, da bist du ja«, rief Constanza freudig in die Runde, als sie auf ihren frisch gebackenen Ehemann zuging.

Florian lachte übers ganze Gesicht, seine himmelblauen Augen strahlten.

»Meine Traumfrau! Mein allerliebster Schatz! Da kommt sie, und mein Herz zerspringt fast vor Glück. Ich kann es einfach noch nicht fassen, dich zur Frau zu haben, dein Mann sein zu dürfen.« Er umarmte sie.

Zum zweiten Mal musste Constanza sich aus seinem Überschwang befreien, sonst hätte er den Schleier verzerrt, die Frisur beschädigt.

Er nahm es ihr wohl nicht übel, denn er winkte einen Kellner herbei, ergriff zwei Gläser Champagner, reichte ihr eines und lallte euphorisch:

»Auf unsere Zukunft, auf unsere Liebe, auf unser Glück!«

Dass er bereits ziemlich beschwipst war, ließ sich nicht mehr leugnen. Sie stieß mit ihm zum wiederholten Mal an und auch mit den anderen, die sich um sie beide herumgeschart hatten.

Die Sonne strahlte in vollem Glanz, die Kapelle spielte untermalend, also schlug Constanza vor: »Wollen wir nicht die Geschenke auspacken?«

Geschenkeauspacken war eine ihrer Lieblingsbeschäftigungen.

Aber scheinbar nicht von Florian. »Geh doch bitte schon vor und fang an. Ich komm gleich nach.«

»Lass mich nicht allzu lang warten, ja?«

Sie verdrehte gekonnt die Augen, blinzelte ihn an. Sie wusste, das ließ ihn schmelzen wie Eis im Glutofen.

Er warf ihr einen galanten Handkuss zu, und Constanza ging hinein in den wunderbar kühlen und weitläufigen Glasanbau des Hotels. Auf Tischen geschlichtet standen unzählige Päckchen. Bunt und dekorativ. Fast zu schade, diesen Gesamteindruck zu zerstören.

Ein paar wenige Gäste verweilten hinten an der Bar, lächelten herüber, darunter ihre Mutter, die ihr aufmunternd zuwinkte.

»Okay«, sagte Constanza leise zu sich, »fang ich mal an.« Es war ihr ohnehin lieber, alleine auszupacken, denn das genoss sie in vollen Zügen.

Schleife um Schleife band sie sorgfältig auf, entfernte einen Klebestreifen nach dem anderen, wickelte eins ums andere Papier ab, glättete und faltete. Legte es beiseite. Immer darauf achtend, die Karten bei den Geschenken zu belassen, die meist keine Überraschungen waren, sondern von ihren vorbereiteten Hochzeitstischen in zwei Läden stammten. Es waren Dinge, die sie zusammen mit Florian ausgesucht hatte, Dinge für ihr neues Zuhause am Bodensee, einem kleinen schicken Bungalow, ein Geschenk ihrer Eltern.

Natürlich gab es auch Geschenkkuverts mit Geld oder Gutscheinen von den Leuten, die selbst keine Lust hatten, auf Suche zu gehen.

Und es lag dieses kleine Päckchen da. In grauem Satinpapier mit rotem Stoffband. Ohne Karte.

Constanza bückte sich, suchte danach, vielleicht war sie heruntergefallen. Aber nein.

»Hm«, überlegte sie. Sollte sie auf Florian warten? Vielleicht war es von seinen Freunden? Sie warf einen forschenden Blick hinaus auf die Terrasse, sah ihn von Gästen umringt, fröhlich plaudernd.

Constanza holte tief Luft und zog die Schleife auf, die knallig rote, entfernte das Papier, das zarte graue. Die stabile längliche Schachtel, mittelbraun und nicht sehr hoch, verbraucht und abgestoßen, wirkte gar nicht mehr so edel.

Sie hob den Deckel ab, wühlte ihre Finger durch das watteartige Zeugs, das schließlich den Blick freigab auf etwas Glänzendes, Glattes. Langgestrecktes. Eine Klinge.

Ein Brieföffner? Ein Messer?

Sie erschauerte, zuckte zurück. Nicht, dass sie sich schneiden würde. Dann sah sie den hölzernen Griff. Edles Mahagoni. Sah das goldblitzende Schildchen mit der Inschrift. Jetzt wusste sie: Das war kein Küchenmesser. Schon gar kein Brieföffner.

Sie atmete durch. Nur nichts anmerken lassen. Ruhe bewahren.

»Na, mein Engel, was hast du da?«

Constanza fuhr zusammen. Erschrak zutiefst.

Aber es befand sich nur Florian hinter ihr. Er umfasste ihre Schultern, hauchte einen Kuss auf ihre Wange.

Constanza, die kurz vor ihrem dreißigsten Geburtstag stand, hatte etliche Jahre in den USA gelebt. Hatte auf der Harvard Universität in Cambridge studiert und sich hernach für einen Beruf im Informatikbereich entschieden. Wohl auch, um ihrem Vater ein wenig zu trotzen, der immer das Gefühl aufkommen ließ, sein Töchterchen bevormundend durchs Leben geleiten zu müssen. Die letzten vier Jahre arbeitete sie bei einem Weltkonzern im Silicon-Valley, bis sie plötzlich das Heimweh übermannte und letztes Jahr dem Land der Sonne den Rücken gekehrt hatte. Und Florian vor die Füße gestolpert war, am Terminal im Frankfurter Flughafen. Hatte sich noch im selben Augenblick in den schuljungengleichen humorvollen Blonden verliebt, und er unbestreitbar auch in sie – wie in einer Romantikfilmschnulze.

164

Sehr zur Freude ihres Vaters, der doch lieber einem Deutschen den Vorzug als zukünftigen Schwiegersohn gab, als irgendeinem Amerikaner, wenn es denn schon kein Italiener sein sollte.

Viel hatte Constanza nicht von Jimmy, ihrem einstigen Studienfreund, preisgegeben, in den sie sich so unsterblich verliebt hatte, damals auf der langweiligen Party mit reichlich Alkohol, und mit dem sie sich hernach so untrennbar verbunden fühlte. Bis sie das gefährliche Flackern in seinen Augen entdeckte, dem sie nur mit Mühe entrinnen konnte. Und auch nur, weil sie Jimmy mit der Macht ihres Vaters drohte. Eines Morgens war er verschwunden und hatte ihr einen Brief hinterlassen, worin er seine Selbsttötung ankündigte.

Sie konnte sich gut an den Tag nach der Schulabschlussfeier erinnern, an dem sie fluchtartig Massachusetts verlassen hatte und nach Kalifornien geflogen war, um neu durchzustarten. Jetzt hatte sie sich einer neuen Liebe hingegeben, einem neuen Leben. Und das würde sie sich nicht zugrunde richten lassen. Unter keinen Umständen.

Die Schachtel in der Hand, schaute sie sich suchend um. Wer in Dreiteufels Namen hätte das Geschenk hier unbemerkt abgelegen können? Die Gäste waren alle bekannt, hatten sich sogar ausweisen müssen. Alle waren durchleuchtet, überprüft. Ebenso die Securities, das Küchenpersonal.

Ihre Gedanken flogen zurück in die Vergangenheit. Sie sah sich am Lagerfeuer sitzen, zusammen mit ihm. Sie hatten sich ewige Liebe geschworen, als Beweis mit diesem vergoldeten Stahldolch am Arm geritzt und das herausquellende Blut getauscht, hatten auf dem Mahagonigriff ein Messingschildchen anbringen lassen mit dem Gelübde:

When one leaves the other

When one ruins the others luck

Should this dagger bring retribution

Should take the life of the destroyer

Na ja, hauptsächlich stammte dieser verstörende Schwur von ihm. Sie hatte sich völlig einlullen lassen. War seinen sanften Augen und seinen drängenden Liebesschwüren erlegen.

Und nun hielt sie Jimmys Dolch in den Händen. Das war so sicher wie das Amen in der Kirche. Und das bedeutete: Er war am Leben und beabsichtigte, ihres zu nehmen.

Constanza hatte fast vergessen, dass Florian hinter ihr stand, so still war er geworden. Sie wandte sich ihm zu und überlegte eine Erklärung.

Er kam ihr zuvor. »Wer schenkt uns denn um Himmels Willen einen Dolch? Ist der antik? Soll das ein Familienerbstück sein?« Er kniff misstrauisch seine Augenbrauen zusammen, langte nach dem blitzenden Stück.

Geschwind stülpte Constanza den Deckel darüber und legte die Schachtel auf den Tisch zurück.

»Ja, vermutlich. Ich werde meinen Vater fragen. Der sorgt oftmals für taktlose Überraschungen.«

Sie gab Florian einen schmatzenden Kuss auf den Mund. Er zeigte sich fürs erste zufrieden, hakte sich bei ihr unter und zog sie mit nach draußen, wo ihr erneut ein Champagner zum Anstoßen gereicht wurde.

Sie musste aufpassen, höllisch aufpassen, sie spürte den Alkohol bereits. Aber der durfte keinesfalls die Oberhand gewinnen. Der Alkohol nicht und vor allem nicht die unterschwellige Bedrohung, die sich in diesen herrlichen Samstagnachmittag einzuschleichen wagte.

✦

Es war nach Mitternacht, die Entschleierung überstanden, und Constanza machte sich auf den Weg zur Toilette, um ihre Frisur in Ordnung zu bringen.

Da sah sie ihn stehen. Jimmy.

Drahtig, kräftig, einen Kopf größer als sie, die schwarzen Haare abrasiert.

Stand still im breiten Gang, der hinter ihm in einem rechten Winkel abknickte. Lässig angelehnt an die Wand, die dunkelblaue Uniform eines Security-Mitarbeiters tragend, die Arme vor der Brust gekreuzt. Die Hose war zu kurz.

In der rechten Hand hielt er den Dolch. Die Klingenspitze provokativ nach oben gerichtet.

Er grinste verhalten.

Verflucht, welch eine Unverfrorenheit er doch besaß. Bediente sich nach Belieben am Geschenktisch. Ganz sicher vorhin, als das Küchenpersonal herumgeeilt war, um das Büfett aufzufrischen, als sich alle Gäste während der Entschleierung um sie und Florian geschart hatten, und das Wachpersonal relativ locker und mit angesteckter Fröhlichkeit zugesehen hatte.

Jimmys Grinsen gefror zu einem zynischen Lächeln. Aus seinen Augen sprühte die Absicht, Constanza zu töten. Das Liebesgelübde einzulösen.

Wie hatte sie sich nur so täuschen lassen und in Sicherheit wiegen können. Sie hatte die ganze Zeit geahnt, dass Jimmy niemals seine Niederlage akzeptieren würde. Sie hätte ihren Vater einweihen sollen. Er hätte vorsorgen können. Hätte, hätte, hätte – jetzt war es zu spät.

Jetzt galt es, Florian zu schützen. Und die Gäste. Und vielleicht selbst unbeschadet aus dem Schlamassel herauszukommen.

»Hi, Sweetheart, how are you?« Jimmys klare Stimme peitschte durch den leeren Gang.

»Gut, mir geht es gut. Ich bin verheiratet.«

Jimmy verstand Deutsch. Ziemlich gut sogar.

»Yeah. Aber du gehörst mir. Nur mir.«

Er atmete hart durch.

»You're a double-dealing bitch! Schlampe! You must die now! Stirb!«

Er stürzte los, stürmte auf sie zu.

Sie musste unverzüglich handeln. Aber kein Aufsehen erregen. Sie hörte Stimmen von oben, Frauenstimmen, eine Männerstimme. Schäkernd. Lachend. Wollten vermutlich die Treppe herunterkommen. Sie stockten, entfernten sich wieder.

Constanza wich blitzschnell zur Seite.

Jimmy schlug mit dem Messer ins Leere. Fluchte. Spuckte aus. Zeigte ihr seine Verachtung.

»Bitch!«, zischte er. Riss sich die Jacke vom Leib, seine Muskeln bebten bedrohlich.

Constanza zögerte keine Sekunde und rannte den Gang entlang. Klar, besser wäre eine Flucht nach oben gewesen, Hilfe suchen, nach ihrem Vater rufen. Aber das hätte auch die Gefahr erhöht, dass der irre Jimmy zu viel Aufmerksamkeit auf sich gelenkt oder gar Gäste verletzt hätte.

Am Ende des vorderen Ganges wirbelte sie herum, das voluminöse Kleid raschelte unwillig. Dabei erfasste sie im Augenwinkel einen reglosen Mann am Boden des abknickenden Gangteils. Und die dunkelrote Lache unter ihm.

Jimmy blieb ruckartig stehen. Zeigte ein erstauntes Lächeln.

»Come back to me, Sweetheart. I love you. Für immer.«

»Ha!«, stieß sie aus und gleichzeitig mit ihrer rechten Ferse in seinen Unterleib. Dass sie schon seit ihrer Kindheit in Selbstverteidigung trainiert worden war und sie in Kalifornien einige Kurse in Kickboxen absolviert hatte, kam ihr nun zugute. Und auch, dass sie Stilettos trug. Spitz wie eine Stichwaffe.

Er taumelte zurück. »Wow, honey, what was that?«

»Ja, du Mistkerl, du weißt nicht viel über mich.«

Das bauschige Kleid mit verkrampften Händen hochgerafft, streifte sie schnell ihre hochhackigen Schuhe ab und trat mit dem linken Fuß nach, bevor er sich von seinem Schreck erholte. Traf glücklicherweise dieselbe empfindliche Stelle. Hüpfte von einem Bein aufs andere und versetzte ihm einen harten Tritt auf den rechten Unterarm. Hörte ein leises Knacken in seinen Gelenken und ein fieses Ratschen im Saum des Kleides.

Der Dolch fiel klirrend auf den marmorgefliesten Boden. Jimmy jammerte erschrocken auf.

»My dear, keep cool! Bleib ruhig. Lass uns reden.«

»No, Darling! Vergiss es!«

Sie wirbelte und hüpfte weiter um ihn herum, so gut es eben ging in einem Fünftausend-Euro-Brautkleid, und dankte Gott, dass Jimmys sportliche Ambitionen sich früher lediglich auf Muskelaufbau konzentriert hatten und nicht auf leichtfüßige Beweglichkeit, und er sichtlich daran auch nichts geändert hatte.

Kurzentschlossen bückte sie sich, packte das Messer, fühlte den warmen Holzgriff, den samtglatten. Spürte die Macht, die von der blitzenden Klinge auf sie übersprang, genoss die Schärfe der Wut, die in ihr emporstieg, und stieß zu.

Traf seinen rechten Unterarm, den er ihr abwehrend entgegenhielt, durchtrennte mit einem Ratsch Haut, Fleisch und Sehnen bis auf die Knochen.

Jimmy schrie auf. Wohl eher vor entsetztem Zorn als vor Schmerz. Denn Jimmy kannte keinen Schmerz. Hatte er ihr mal weismachen wollen.

Seine Linke schoss vor und versetzte ihr eine klatschende Ohrfeige. Ihr Gesicht brannte wie Feuer. Sie spürte das Toben der Wut durch jede einzelne Faser jagen. Tänzelte hektisch von einem Fuß auf den anderen, fuchtelte mit der Klinge vor Jimmy herum. Irritierend, ablenkend. Provozierend.

»*Stop!* Aufhören!«, bettelte er.

Doch sie fand keine Gnade für ihn. Stieß das Messer mal oben in den Körper, mal links, mal rechts. Egal, wohin die Klinge traf, ihre Hiebe wurden heftiger, stärker, tiefer. Sie fühlte erregende Genugtuung in sich aufkommen. Schwelgte in der Lust, einer sadistischen Lust, die ihre Gedanken, ihr Handeln übernahm.

Jimmy stöhnte laut auf.

»Du Jammerlappen, spürst du den Schmerz? Yeah, spürst du ihn?«, rief sie zornig und stach und stach und stach.

Als hätte ein teuflischer Dämon Besitz von ihr ergriffen. Als sei der Dämon von Jimmy auf sie übergesprungen.

Ihr Blick fiel in seine dunkelbraunen Augen. Erkannte die fragende Bestürzung darin, bis die Pupillen erstarrten. Sie ließ von ihm ab, rang nach Atem. Brachte nur noch ein Flüstern zustande.

»Ciao, ciao, amore mio.«

Jimmy sank in die Knie, kippte um, blieb reglos liegen. Blut spritzte, die Schlagader am Hals war getroffen. Sein ganzer Leib lief geradezu aus. Es troff aus jeder einzelnen Wunde. Sammelte sich in Pfützen, die auf Constanza zuschlängelten.

Der blütenweiße Stoff ihres bodenlangen Kleides sog den roten Lebenssaft auf. Gierig. Verteilte die warme Flüssigkeit in der Struktur des Spitzen-stoffes, die sich ihren Weg nach oben suchte wie in Äderchen.

Constanza hielt den Dolch in der einen Hand, wischte mit der anderen über die Stirn, die sich so feucht anfühlte. Es war kein Schweiß, den sie ab-wischte.

»*Mio dio, figlia, che fai?*« Die entsetzte Stimme ihres Vaters. Von irgendwo her. »Was tust du da, Tochter?«

Endlich ließ sie den Dolch fallen. Es schepperte, und sie stieß den Schrei aus, den Hilfe suchenden, den befreienden. Sogleich erstickt unter einer ge-waltigen Hand.

Constanza wurde von hinten umklammert, fest-gehalten und sanft weggeschoben. Hinüber zum Lift. Es war einer der Wachleute.

Ihr Vater erteilte unterdessen Befehle.

Leise, routiniert, gefühlsbefreit.

Constanza warf einen letzten Blick auf Jimmys Leichnam und wusste, den Rest erledigte ihr Vater.

Schnell, diskret, spurenfrei.

Das freudige Aufblitzen in seinen kleinen Augen verriet den Stolz auf seine Tochter, zeigte die sie-gessichere Gewissheit, dass sie ihm am Tag X eine würdige Nachfolgerin sein würde.

Constanza blieb im Moment jedoch nur eines: Rasch die Kleidung wechseln und sich von Florian in den Arm nehmen lassen.

Lässt ein Ehezwist sich kitten,
gar mit einer Urlaubsreise?
Ist nur selten wirklich weise,
wenn man erst vom Zorn geritten.

OBERFRANKENTANGO

Es schneite gnadenlos und viel zu bald. Der Oktober hatte sich noch nicht einmal verabschiedet, als der Winter das Land unter seine Fittiche nahm.

Meine zwei Koffer warteten gepackt vor der Haustür, geschützt unterm Vordach, und Frau Holle schüttelte aus Leibeskräften.

Der erste Tag unseres Versöhnungsurlaubs, der meinen Mann und mich nach Oberfranken entführen sollte, fing äußerst ungemütlich an. Die Überlegung, ob das nun ein gutes oder schlechtes Omen sei, verjagte ich rasch, ich wollte mich nicht unnötig belasten.

Hektor schälte sich aus seinem diamantweißen SL 500, öffnete das Heck, hechtete zu mir. Hauchte auf meine Wange einen Kuss, begleitet von einem heiseren »Hallo, Schatz! So 'n scheiß Wetter aber auch!«, und schnappte sich die Koffer. Spurtete zurück zum Auto, warf sie in den Kofferraum, dem etwas zu knapp bemessenen, und knallte die edle Klappe zu.

Ruckzuck saß er wieder im Rückenmuskulatur

massierenden Ledersitz des Hightech-Sportflitzers. Die titansilbernen Speichenfelgen blitzten mir provokativ entgegen, blank poliert wie immer.

Ich atmete tief durch, absorbierte einen pulsierenden Augenblick lang den Anblick dieses markanten Roadsters, verschloss die Haustür und warf einen prüfenden Blick aufs Haus. Nahm meinen Platz neben Hektor ein und spürte meinen Herzschlag, als mich das schneidige Gefährt aufnahm. Ich hatte es viele Monate vermisst.

Meinen Mann natürlich auch.

»Ja«, sagte ich und wandte mich Hektor zu, »wer weiß, wie es im Frankenwald ist. Die Pracht verschwindet sicher bald.«

Er nickte, beugte sich herüber, legte einen Arm um mich, wohl aus alter Gewohnheit. Oder hatte ich ihm doch gefehlt?

»Egal«, meinte Hektor mit einem plötzlichen Lächeln auf den Lippen, die Grübchen auf seinen blankrasierten Wangen schienen mich ködern zu wollen, »lassen wir uns die Laune nicht verderben. Machen wir uns einen schönen Urlaub, sprechen uns aus und suchen eine Basis für ein neues Zusammenleben.«

Das hörte sich gut an, ob er es auch so meinte? Hatte er genug von all den aufdringlichen Weiblichkeiten, die seine Töchter hätten sein können? Würde er seine Zukunft wieder auf Altbewährtes setzen wollen?

Lass es einfach auf dich zukommen, dachte ich, lehnte mich zurück und ergab mich dem Sound der acht Zylinder. Ich wollte die Fahrt genießen, immerhin würde sie vier Stunden dauern.

Schneller als erwartet kamen wir ans Ziel. Die dicht bewaldeten Bergzüge empfingen uns, als wären wir im tiefsten Schwarzwald gelandet. Doch die schwarzen Dächer und Hausverkleidungen, die unter den Schneefetzen hervorschauten, zeigten: Wir hatten das nördliche Kreisgebiet von Kronach erreicht.

Lange schon hatte ich dieses herbe Land mit seinen düsteren Wäldern und saftigen Wiesen, seinen schieferbeladenen Bergen und schroffen Anhöhen nicht mehr gesehen. Ich hatte dort mit meinen Eltern einige Jahre lang gelebt. Mein Vater, ein süddeutscher Hotelier, hatte nach der Wende versucht, in dem Städtchen kurz vor der thüringischen Grenze ein Ski- und Wellnesshotel zum Laufen zu bringen und war kläglich gescheitert. Kaum jemand zeigte sich an diesem eindrucksvollen Landstrich interessiert, obwohl er seit der Wiedervereinigung im Zentrum Deutschlands liegt.

Daher zog unsere Familie nach Baden-Baden, wo ich bei einem Tango-Kurs meinen Mann kennenlernte. Hektor war zehn Jahre älter als ich, groß, blond, blauäugig, muskelgestylt, voller Dynamik und Erbe eines vermögenden badischen Familienkonzerns. Ja, ich war ihm vom ersten Moment an hoffnungslos verfallen. Und er verguckte sich anscheinend auch in mich, der Tango hatte unweigerlich Hilfestellung geleistet.

Ich schloss nach der Heirat mein BWL-Studium ab, arbeitete mich in seiner Firma ein und sicherte mir einen Platz in der Führungsetage. Alles lief absolut perfekt, bis ich bemerkte, dass Hektor es mit der Treue nicht so ernst nahm, ich ihn aus unserer gemeinsamen Villa warf, mich verschämt aus der Firma zurückzog und meinem Selbstmitleid hingab.

Aber das war vorbei, eine gewisse Gleichgültigkeit hatte sich breitgemacht und meine Gefühle gelähmt. Nur deshalb war ich in der Lage gewesen, auf Hektors Angebot einzugehen und herauszufinden, wie viel von unserer einstigen gegenseitigen Zuneigung übrig geblieben war.

Das geräumige Zimmer des wahrscheinlich nördlichsten Hotels sowohl Oberfrankens als auch Bayerns nahm uns überaus freundlich auf. Aber der Ausblick auf den schwarzgrünen Tannenwald auf der gegenüberliegenden Seite des engen Tals trug nicht gerade dazu bei, Optimismus in mein Herz einziehen zu lassen. Und ich wusste, ich würde trotz des stilvollen Ambientes und des guten Essens nicht hier wohnen bleiben wollen.

Den Rest des Tages und den Sonntag verbrachten wir damit, Ludwigsstadt und die stattliche Burg Lauenstein zu erkunden, Pralinen in der weltbekannten Confiserie zu kaufen und die reine Höhenluft auf der Thüringer Warte, dem einstigen »Schaufenster zur DDR«, zu inhalieren.

Ich fühlte mich in eine längst vergessene Zeit versetzt. In die Zeit, in der Hektor und ich uns stets gemeinsam neue Herausforderungen suchten, kurze Trips oder lange Touren unternahmen, Partys besuchten, Museen erforschten.

Bis Montag hatte ich Hektor überzeugt, uns einen Ferienbungalow zu mieten.

Das komplett aus Holz gebaute Häuschen empfing uns hell, urgemütlich und kuschelig warm. Es besaß eine kleine Sonnenveranda, die einen weiten Blick ins südlich gelegene Tal bot, in das sich das Städtchen schmiegte. Ich war froh um meine Entscheidung, Luxus gegen heimelige Geborgenheit eingetauscht zu haben.

»Luisa«, begann Hektor melodramatisch, als wir am Nachmittag auf der Verandabank saßen, den Ausblick bewunderten und uns die Sonne ins Gesicht scheinen ließen. »Luisa, ich gäbe alles, um wieder zurück zu dir zu dürfen.«

»Du meinst«, zwinkerte ich ihn an, »zurück in die Villa zu dürfen.«

»Nein, nein, mein Schatz«, wehrte Hektor ab und wandte sich mir zu, »ich würde überall wohnen wollen, Hauptsache, mit dir an meiner Seite. Glaub mir.«

Hektor erhob sich unvermittelt, verschwand in der Hütte, um kurz darauf mit einem Bocksbeutel und zwei Gläsern wieder aufzutauchen.

»Etwas Besonderes! Hab ich über spezielle Verbindungen ergattert. Einen Silvaner vom Bamberger Michaelsberg, ein ganz edler Tropfen aus der Jungfernernte vom letzten Jahr. Eine starke Spätlese – nur für uns zwei.«

Er blinzelte mir zu, stellte Flasche und Gläser auf den massiven Holztisch, entkorkte und schenkte ein. Behutsam nahm er meine rechte Hand, hauchte mir einen Kuss auf den Handrücken, kniete sich vor mich hin.

Ich schaute irritiert in seine meerblauen Augen, die erwartungsvoll auf mir ruhten.

»Luisa, Schatz, bitte glaub mir, ich bereue mein Benehmen zutiefst. Ich will dich. Nur dich allein.«

»Hmm!«, brachte ich hervor. Zu mehr war ich nicht fähig.

Er hielt mir ein Glas vor die Nase, ich griff zu. Wir stießen an und ließen uns die »starke Spätlese« schmecken. Dann stand Hektor auf, zog mich an sich, küsste mich, den Silvaner-Geschmack noch auf den Lippen, auf der Zunge.

Und ich gab nach. Ignorierte meine Bedenken und Vorsätze und ließ ihn gewähren. Bis zu einer gewissen Grenze. Denn so einfach sollte er mich nicht herumkriegen.

Später wanderten wir energiegeladen den Spitzberg hinauf und immer weiter, bis wir ins Nachbardorf gelangten. Dort aßen wir ausnehmend gut und spazierten zurück.

An den folgenden Tagen erkundeten wir die imposante Umgebung, vergaßen auch die Kreisstadt Kronach mit ihrer Festung nicht, und wanderten auf einsamen Wegen durch Wiesen und Wälder. Nach unseren Ausflügen genossen wir bei einer Flasche Wein – Hektor hatte diesbezüglich optimal vorgesorgt – die herbstliche Abendsonne auf der

Veranda unseres Hüttchens und fielen meist tod-müde ins urige Holzbett.

Ganz allmählich hatte ich begonnen, mit meinem Mann zu flirten, als seien wir Teenager, ließ mich von ihm verwöhnen und stellte fest, wie sehr er wieder zum Eroberer wurde und wie sehr es mir Freude bereitete, mit ihm zu spielen, um ihn abblitzen zu lassen, wenn er mir zu sehr auf die Pelle rückte.

Zwei Tage vor unserer geplanten Heimfahrt stürmte und regnete es, weshalb wir den Nachmittag in der Hütte verbrachten. Wir hatten uns süßes Gebäck gekauft, und wohltuender Kaffeedunst schwebte durchs knackende Gebälk.

Hektor kniete vor dem offenen Kamin, worin er ein paar Holzscheite, die er irgendwo zusammengelesen hatte, zunächst zum Qualmen und dann tatsächlich zum Brennen brachte.

Es gefiel mir, die zarten Flammen so vor sich hin lodern zu sehen, auch wenn ich bei jedem Funken, der mit lautem Knistern nach oben stob, zusammenzuckte.

Diese romantische Zweisamkeit wollte ich nutzen, um endlich Fakten zur Sprache zu bringen, denn immer noch hatten wir keine konkreten Pläne gefasst, wie wir unsere Zukunft neu gestalten würden.

Wir saßen aneinandergedrückt auf dem winzigen Zweisitzersofa, als Hektor sich zum Tischchen vorbeugte und seinen Laptop hochfahren ließ, was ich misstrauisch beäugte, jedoch sogleich guthieß, da er seinen Musikordner öffnete. Er besaß Unmengen von Musikdateien, war stets gewappnet für jede erdenkliche Einsatzmöglichkeit.

»Schatzi«, begann ich schnell, um nicht wieder mein Anliegen ins Hintertreffen geraten zu lassen, »bevor wir uns für einen zweiten gemeinsamen Lebensabschnitt entscheiden, würde mich schon interessieren, ob du die Lebensversicherungen und Firmenverträge beibehalten hast. Nicht, dass eine deiner Liebschaften ...«

»Hey, Luisa!«, entrüstete er sich, ohne sein Augenmerk vom Laptop zu nehmen. »Wo denkst du hin? Ich war zwar etwas fehlgeleitet die letzten Monate ...«

»Jahre!«, warf ich ein.

»Jahre, ja, okay, und es tut mir auch aufrichtig leid! Aber ich habe die Papiere nicht angerührt und auch nie daran gedacht. Alles ist so, wie wir es vereinbart hatten. Und du kannst auch jederzeit deinen Platz in der Firma wieder einnehmen.«

Seine Finger tippten auf der Tastatur herum.

»Beweis es!«, forderte ich ihn auf und wusste selbst nicht, wie er das hier und sofort bewerkstelligen sollte.

Er zuckte zurück, war ja klar, und schaute mich konsterniert an.

»Wie – jetzt? Glaubst du, ich trage die Papiere mit mir herum? Du musst mir schon glauben. Sämtliche Verträge und Policen liegen unberührt in unserem Bankschließfach. Und du weißt doch, wir dürfen nur zusammen das Fach öffnen, sofern nicht einer von uns – naja, du weißt schon – das Zeitliche segnet.«

Hektors Blick lag einen Atemzug lang starr auf mich gerichtet, im nächsten Moment drückte er die Eingabetaste.

Ich überlegte, lächelte ihn an.

»Entschuldige, war dumm von mir. Ich hatte einfach Angst, hintergangen zu werden. Immerhin bist du mit dem Bankdirektor befreundet. Wenn man nächtelang alleine ist und anfängt zu brüten, da bildet man sich alles Mögliche ein.«

Hektor verschloss meinen Mund mit einem festen Kuss. Erstickte mich beinah, erdrückte mich nahezu.

»Ich liebe dich«, presste er heraus, als er kurz abließ, und setzte einen noch innigeren Kuss nach.

Wir erhoben uns und ergaben uns dem Rhythmus des Tangos, der mit seinen ersten Takten zum Tanz aufforderte. Meine Schritte, zunächst gestelzt, wie eingefroren aufgrund der schon ewig währenden Abstinenz, bald etwas weicher werdend, nachgiebiger, geschmeidiger. Mit jedem Takt, mit jedem schwungvollen Übergleiten der Töne passte mein Körper sich der Führung Hektors an. Oh, mein Hektor, der perfekte Tangotänzer, mein einst über alles geliebter Tangoprinz, mein Tangokönig.

Ich ergab mich seiner Leidenschaft. Fügte mich ein in die Schrittfolge, in die Körperbewegungen, schmiegte mich an ihn, ließ mich leiten und lenken, bis ich schwebte.

Bis hin zum Bett in der Holzhütte im tiefen Oberfranken, und der Regen trommelte hart aufs schieferplattenbelegte Dach, der Wind peitschte gegen die kleinen Fenster, rüttelte an den Läden, die jedoch nur zur Zierde angebracht waren und nicht geschlossen werden konnten, und der Laptop spielte Tango um Tango, mit dem wir uns wogten und bebten und uns der völligen Lust ergaben.

Ja, ich wollte es noch einmal versuchen, wollte Hektor eine zweite Chance geben, mir der geliebte Ehemann zu sein, wollte mir die Gelegenheit gewähren, Gnade walten zu lassen, Nachsicht zu üben in der Hoffnung, ein glückliches Eheleben zurückzuerhalten.

Irgendwann ließen wir voneinander ab. Ich war erschöpft, befriedigt, befreit. Befreit von aller Last, allen Ängsten und Hassgefühlen.

Während ich mich im winzigen Bad frisch machte und mir den Jogginganzug überzog, musste Hektor eingeschlafen sein, denn als ich in die Stube trat, hörte ich sein leises Schnarchen. Ja, er gehörte schon immer zu den Glücklichen, die in einen sofortigen Tiefschlaf fielen.

Also widmete ich mich dem Kühlschrank, entdeckte den halbvollen Bocksbeutel, den ich mir schnell schnappte. Die Würzburger Scheurebe Kabinett, eiskalt und fruchtig herb, machte mir unheimlich Appetit.

Ich ließ den aromatischen Rebensaft meine Kehle hinabgleiten, bis auch der letzte Tropfen aufgesogen war.

Beschwipst tänzelte ich zum immer noch tango-
trällernden Laptop hin, angezogen durch den
leuchtenden Bildschirm wie eine Motte von einer
Glühbirne, unterbrach mit einem Klick die Endlos-
schleife des Musikprogramms und saß vorm
schweigenden Gerät, starrte auf den aufgeräumten
Desktop.

Neugier überwältigte mich mit einem Mal, mein
Finger tippte auf das Posteingangssymbol, und
Hektors E-Mails offenbarten sich mir.

Ganz besonders eine, und die war erst ein paar
Tage alt: *Liebster, schau, dass du es schnellstmöglich
hinter dich bringst, ich habe Sehnsucht nach dir.
HDGTL!*

Die Worte schlugen mir hart ins Herz.

Ich holte tief Luft, atmete langsam aus, beruhig-
te mich. Diese Hab-dich-ganz-toll-lieb-Tussi wusste
vermutlich noch nicht, dass Hektor zu mir zurück-
gefunden hatte. Dann legte ich mich zu meinem
Mann, kuschelte mich unter die Decke, dicht an
seinen bloßen Körper, und ließ mich von seiner
Wärme in den Schlaf geleiten.

Ich träumte von den dunklen Wäldern, die gar
nicht mehr so dunkel wirkten, träumte von den
hochgelegenen Wiesen, deren sonnendurchflutete
Grashalme vom steten Wind zerzaust werden, und
träumte von Blumen, von Liebe und von holzig
frischer Waldluft, die in meine Nase zog, bis tief in
meine Lungen – und ich schluckte – und hustete.

Ein Würgereiz zog sich um meinen Hals, drückte auf meine Kehle, zerrte mich in die Realität zu-

rück. Ich setzte mich auf, schweißgebadet, knipste das Nachttischlämpchen an.

Da sah ich die Katastrophe. Sah den trüben Rauch, der vom Kamin her durch die offene Tür hereinzog und mich zu ersticken versuchte.

Instinktiv rüttelte ich Hektor, packte sein am Boden liegendes Hemd, hielt es mir vors Gesicht.

In den schlimmsten Momenten ist der Mensch sich selbst am nächsten, also prüfte ich nicht nach, ob Hektor mein Rütteln bemerkt hatte. Hastig schlüpfte ich in meine Haussandaletten, tastete mich aus dem Schlafraum hinaus und quer durch den Wohnraum in Richtung der Tür, hinter der die Freiheit wartete.

Das Hemd fest ans Gesicht gepresst, warf ich einen Blick zum Kamin, sah durch den Qualmschleier den Teppich davor in hellen Flammen aufgehen. Vermutlich ein verirrter Funke. Dabei hatte das rotglühende Aschehäufchen so friedlich gewirkt.

Und irgendwo musste es einen Feuerlöscher geben.

»Hektor!«, rief ich verzweifelt. Aber aus meinem Mund kam nur ein heißeres Krächzen.

Panik verwirrte mich. Ich sah den Feuerlöscher nicht, sah nur das Handy liegen, griffbereit neben dem Laptop auf dem Tischchen, nach dem die Flammen züngelten. Sah, wie die roten Zungen sich zischend an den Holzbeinen emporfraßen.

Einen Ruck, einen Ruck nur musste ich mir geben, meine rechte Hand zuckte bereits nach dem Handy.

Zögerte eine Sekunde zu lang.

Da zersprang das Glas des Laptops mit einem dumpfen Plopp, und mich traf es wie ein Blitz: *Was meinte diese Tussi, was Hektor schnell hinter sich bringen soll?*

Ich ließ das Handy, wo es war.

Raus – nichts wie raus, dachte ich bloß und machte einen Satz zur Tür, der abgesperrten, zerrte und rüttelte zornig am Griff und entdeckte den Schlüssel, der da steckte, drehte ihn schnell, riss die Tür auf – und sprang ins rettende Freie.

Kälte schlug mir ins Gesicht, es nieselte. Der Regen hatte nachgelassen. Der Wind auch. Hinter mir brüllte das Feuer auf, angestachelt durch den Luftzug, der in die Hütte drängte.

Die Veranda lag friedlich vor mir.

Ich ging den Weg zum Parkplatz hinauf, unerwartet gelassen. Lehnte mich bäuchlings an die Fahrertür des SL 500. Das gelbe Licht der Straßenlampe spiegelte sich im Autodach, übertünchte das metallicstrahlende Weiß, ließ die Regentropfenperlen funkeln.

Das Spiel ist vorbei, mein Liebster.

Ich streichelte sanft über den aalglatten Lack.

Jetzt war die Gelegenheit günstig, laut um Hilfe zu schreien.

Mach's gut, Hektor!

Ich tätschelte das schnittige Gehäuse des Außenspiegels.

In der Hütte musste es ganz schön heiß sein.

Mach's gut!

Ich zeichnete mit meinem Finger den Türgriff nach.

In der Hütte erstickte gerade mein Mann.

Schlaf gut – in seliger Ruh'.

Ich sah mich am Steuer sitzen, spürte die sanfte Massage des Multikonturensitzes.

In der Hütte verbrannte gerade mein Mann.

Aus. Schluss. Vorbei!

Meine Freiheit ging mir über alles, die neu gewonnene. Und die Sicherheit, mir niemals mehr Sorgen machen zu müssen.

Glas zerbarst.

Ich drehte mich um. Flammenzungen tobten aus einem Fensterloch heraus. Das Schicksal winkte mir freudig zu.

Jetzt war's ohnehin zu spät.

Ich stand ja unter Schock.

Das würde jeder verstehen.

Eindringlicher Duft
benetzt die Luft,
erstickt den Atem,
raubt das Leben.

ODEUR DES TODES

Ein Vierteljahrhundert bereits bin ich mit bescheidenem Stolz Besitzer eines renommierten Lederfachgeschäfts im Herzen Baden-Badens. Aufgrund meines breitgefächerten Angebots zählen zu meinem Kundenkreis neben sehr Wohlhabenden auch weniger Betuchte und Laufkundschaft jeglichen Alters.

Meine Exklusivware liegt getrennt durch drei langgestreckte Stufen leicht erhöht im zurückgesetzten Bereich des Ladens. Die Rollstuhlrampe benötige ich nicht mehr, mit Hilfe einer Gehstütze gelingt mir wieder das Treppensteigen.

Jeden Morgen nach Betreten des Ladens empfängt mich der unverkennbare Geruch von gegerbtem Leder. Die Intensität nimmt mit jedem Schritt zu, bis er mich völlig vereinnahmt. Ich genieße diesen Duft, liebe ihn, sauge ihn stets aufs Neue tief in mich ein.

An diesem Morgen bleibe ich an der Treppe stehen, schnuppere und habe das Gefühl, dazu etwas anderes zu riechen. Langsam und konzentriert erklimme ich die Abstufungen, der unterschwellige Geruch verstärkt sich.

»Nein«, schüttle ich den Kopf. »Das kann nicht sein.«

Der sonderbare Geruch ist mir vertraut, einmal wahrgenommen, prägt er sich für alle Zeit ins Gedächtnis ein.

Ich bekam ihn zum ersten Mal an dem Tag in die Nase, als ich Marga kennenlernte. Am Tag, an dem der Unfall geschah.

Es ist jetzt ein Jahrzehnt her, da stand sie inmitten der Handtaschenständer und bedachte mich mit einem entzückenden Lächeln. Sie war umnebelt von der Ausdünstung jungfräulichen Leders gemischt mit etwas Penetrantem, von dem ich dachte, es käme von draußen durch die geöffnete Glastür. Das liebreizende Funkeln ihrer wasserblauen Augen, die süßen Grübchen ihrer geröteten Wangen und ihre goldbraune Lockenmähne betörten mich von der ersten Sekunde an. Obgleich sie zwanzig Jahre jünger ist als ich, gaben wir uns zehn Monate später das Ja-Wort. Mein Trauzeuge karrte mich im Rollstuhl zum Standesamt, und eine richtige Ehe konnten wir ohnehin nur schwerlich führen. Wenn auch mein Handicap ihr nichts auszumachen schien, hatte unser Scheidungstermin bereits festgestanden, als ich vor fünf Jahren meine ersten Gehversuche wagte. Wegen meines gesundheitlichen Rückfalls war der Termin auf unbestimmte Zeit verschoben worden, und so sind wir nach dem Gesetz noch verheiratet.

Ich bleibe stehen, schaue mich um. Meine Blicke gleiten von Regal zu Regal, von Stand zu Stand und von Tisch zu Tisch, um die Ursache für den Geruch ausfindig zu machen. Vergebens.

Ich höre ein Nießen.

»Guten Morgen, Beatrice«, rufe ich schwungvoll hinüber ins vordere Büro und werfe einen Blick hinein.

Beatrice, absolut zuverlässig und oftmals schon vor mir im Laden, nuschelt einen leisen Gruß zurück.

»Ist alles in Ordnung?«, forsche ich nach.

Beatrice nickt und widmet sich ungestört ihrer Arbeit. Sie hat eine Liste vor sich auf dem Schreibtisch und überprüft vermutlich die neugelieferte Ware mit der Bestellung.

Ich gehe weiter nach hinten in Richtung meines Büros. Dort liegen etliche Taschen, Geldbörsen und Accessoires, die ich als Sonderangebote auspreisen möchte. Mit jedem Schritt verstärkt sich der schwere Geruch in meiner Nase.

»Riechen Sie das auch, Beatrice?«, rufe ich misstrauisch.

»Noi, i riech gar nix«, näselt sie, kaum vernehmbar. »I han Schnupfen. Nach was riecht's denn?«

»Ich weiß nicht genau, hat vermutlich keine Bedeutung.«

Ich betrete mein Büro, knipse die Beleuchtung an und kippe das Fenster. Ich lehne die Krücke gegen den Schreibtisch, lasse mich schwerfällig auf den ledernen Stuhl sinken und rolle hinüber zu dem Tisch, worauf die zu reduzierende Ware bereitliegt. Ich ergreife den roten Stift und beginne, auf meine Liste zu starren.

Zwischen den Zeilen bleiben meine Augen kleben. Alles verschwimmt, und vor mir erscheint Marga. Gleich einer Fata Morgana über den ledernen Handtaschen, Gürteln, Geldbörsen. Wie habe ich diese Frau geliebt. Wie war ich ihr verfallen. Viel zu lange habe ich gebraucht, um wieder ohne sie leben zu können.

Schlagartig verdrängt dieser ekelerregende Geruch ihr Bild. Ein Geruch, der einen zum Kotzen bringen kann. Grauenhaft fauliger Gestank, der in deine Eingeweide schleicht, sich breitmacht, dich betäubt. Du sitzt da und überlegst, was haben sie wohl beigemischt? Wie bringen sie solch einen Gestank nur fertig? Wie würde naturbelassenes, reines Gas riechen?

Gas! Riecht es überhaupt danach oder quälen mich verborgene Erinnerungen?

Weggewischt sind die unendlich langen Sitzungen beim Therapeuten, und ich sehe wieder alles klar vor mir: Vor zehn Jahren atmete ich diesen entsetzlichen Gestank ein, ohne die Ursache zu ahnen. Vor zehn Jahren, während ich damit beschäftigt war, mich mit den Blicken einer zauberhaften jungen Frau auseinanderzusetzen, schrie einer meiner Kunden »Gasalarm!«. Ich sehe deutlich vor mir, wie sich Margas Augen entsetzt weiteten, wie sie kehrt machte und zur Tür hinaus rannte. Mein Laden! Ich durfte ihn nicht alleine lassen, aber jemand riss und zerrte an mir, ich stolperte und es krachte. Laut und infernalisch. Als ich im Krankenhaus erwachte, saß die schöne Fremde neben mir.

Jetzt sitze ich alleine in meinem Büro und allem Anschein nach kriecht erneut Gas durch meine Atemorgane, breitet sich bis in die äußersten Lungenbläschen aus, bereit, das Werk zu vollenden.

»Gas!«, will ich schreien. Es gelingt nicht. Meine Stimme versagt, ich halte inne.

Ich habe doch gar keinen Gasanschluss mehr. Gleich nach dem Unglück ließ ich ihn beseitigen. Ich heize mit Strom. Mit sauberem, ungefährlichen Strom. Warum sollte es nach Gas riechen? Einbildung? Zu viele Schmerztabletten?

Das Telefon schrillt. Laut. Aufdringlich.

»Soll i 'rangeh'n?«, ruft Beatrice.

»Nein«, rufe ich zurück und nehme das Gespräch an.

»Hallo, Teufelchen!«, säuselt es himmlisch süß in mein Ohr.

Mir läuft es fröstelnd den Rücken hinab.

»Hallo, Marga!«, sage ich. Dabei will etwas Aufflackerndes in mir viel mehr sagen. Will fragen, wie es ihr geht, will sie anflehen, zurückzukommen. Um der erloschenen Liebe eine neue Chance zu geben.

Doch ich schweige.

»Hat es dir die Sprache verschlagen? Ich bin so alleine und wollte gerne deine Stimme hören, Teufelchen.«

Sie hat Sehnsucht nach mir?

»Treffen wir uns?«, frage ich, immer noch nicht in der Lage, vernünftige Sätze zu reden.

»Nur Geduld, Teufelchen. Hast du mein Geschenk erhalten?«

»Geschenk? Welches Geschenk?« Sie braucht mir nichts zu schenken. Ich bin es, der sie mit Geschenken verwöhnen würde. Wie früher.

»Zwei große Flaschen.«

Flaschen? Vielleicht Champagner? Um auf ein neues gemeinsames Leben anzustoßen? Champagner haben wir immer am liebsten getrunken.

»Ich sehe keine Flaschen, Liebes. Hast du sie mit der Post geschickt?«

Beatrice streckt jäh ihren Kopf ins Büro herein.

»Herr Gerner, Entschuldigung, eh' ich's vergess: Heut' Früh isch a Riesenpaket abgeliefert worden. Ich hab's in den Tresorraum stellen lassen. I geh' schnell zum Bäcker, hol uns a Vesper.«

Schon ist sie wieder draußen. Die gute Seele.

»Teufelchen, was ist, bist du noch da?«, drängt Margas Stimme.

»Ja. Ich glaube, ich weiß, wo dein Geschenk ist.«

Ich stehe auf, die Knie schmerzen, presse den kleinen Handapparat fest ans Ohr und schlurfe mit unsicheren Schritten in den Tresorraum. Es stinkt gewaltig. Schlimmer als faulende Eier und verrottende Kartoffeln zusammen.

In der Mitte steht das monströse Paket. Verströmt es den widerlichen Geruch?

»Marga, was ist da drin?« Ich kann nur flüstern.

»Es wird Zeit, dass wir einen Schlussstrich ziehen. Deshalb habe ich dir zwei Flaschen Propangas geschickt, mit geöffneten Ventilen, und als kleine Beigabe einen voller Benzinkanister. Leider hat ein böses Mädchen eine schwelende Zigarette in deinem Laden versteckt. Adieu, Teufelchen!«

Ich werfe das Telefon fort. Keine Zeit, die Polizei zu rufen. Jede Sekunde zählt. Ekel packt mich. Ich würge. Spucke. Das Frühstück schwappt in einem Schwall auf den Boden. Der Gestank wird fortwährend übler.

Wo ist meine Krücke? Ich rutsche aus, falle nach vorn, kann mich glücklicherweise mit den Händen auffangen und robbe ein Stück. Ich stemme mich in die Höhe, greife nach der Stütze, klemme sie unter die Achsel. Mein schöner Laden. Ich darf ihn nicht schon wieder im Stich lassen. Wie ein feiger Kapitän, der sein sinkendes Schiff verlässt. Na warte, es hat sich ausgeteufelt, mein Engelchen. Eingesperrt gehörst du. Und mein Geld kriegst du auch nicht mehr. Habe schon längst ein neues Testament schreiben lassen. Beatrice wird alles erben. Für ihre treuen Dienste. Hoffentlich kommt sie nicht so schnell vom Bäcker zurück. Hoffentlich muss sie recht lang anstehen.

Ich beeile mich, so gut es geht. Halte vor den Stufen an. Schaue mich um. Der Laden ist leer.

Bitte, Gott, lass niemanden hereinkommen!

Ich überlege kurz, ob ich die Rampe hinabgehen soll, entscheide dagegen. Zu schmal, und dazu dieser scharfkantige Radabweiser.

Schnell nehme ich die erste Stufe … geschafft!

Vorsicht! Mir wird schwindlig. Nein ... nicht auch noch das ... jetzt habe ich die nächste verfehlt ... der Stock geht mir durch.

Ich falle hart und entdecke den qualmenden Zigarettenstummel unter den baumelnden Fransen eines pastellgrünen Dekoschals. Sehe, wie die zarten Fransen den überspringenden Funken freudig tanzend empfangen, und keiner ist da, der mich ins Freie zerrt.

Ich will mich aufrappeln, da lässt es einen ohrenbetäubenden Schlag, einen Kanonendonnerschlag. Höllische Hitze hüllt mich ein und die Quälerei findet ihr Ende in tosender Dunkelheit.

Aber heißt es nicht so schön: Die Hoffnung stirbt zuletzt?

In vino veritas.
Im Wein liegt die Wahrheit.
(Sprichwort)

Die Weinprobe

Der Herbst war gerade drei Wochen alt, als Wilfried Sturm die Einladung aus dem Briefkasten holte. Eine Einladung zur Weinprobe bei seiner Weinhändlerin am 31. Oktober um 18 Uhr. Fahrservice eingeschlossen.

Wilfried war hoch erfreut. So etwas flatterte einem wahrlich nicht jeden Tag ins Haus. Doch das entsprach ganz und gar dem Niveau der Dame, die vor etwa zwei Jahren die Weinhandlung im Ort übernommen hatte. Woher sie kam und in welcher Beziehung sie zu dem verstorbenen italienischen Vorbesitzer gestanden hatte, wusste er nicht.

Er wusste nur, dass ihm die rassige Frau mit dem südländischen Teint ausnehmend gut gefiel. Er hatte schon seit jeher ein Faible für Schwarzhaarige, vor allem, wenn sie ihre üppige Haarpracht offen trugen. Meist hatte er auch ganz gut landen können, wenn er sich eine auserwählt hatte. Eine Heirat jedoch, wäre niemals sein Bestreben gewesen.

In letzter Zeit allerdings war der Tisch weniger reich gedeckt. Er hatte die Sechzig erreicht, und die ganz jungen Dinger standen nicht immer auf reifere Herren.

Isabella da Silva, seine Weinhändlerin, war mindestens zwanzig Jahre jünger als er, und er war ihr bisher zweimal seit der Geschäftsübernahme begegnet. Sie passte exzellent in sein Beuteschema. Deshalb kam für ihn eine Absage überhaupt nicht in Betracht.

Das gewaltige Haus aus grauem Stein befand sich etwas außerhalb und empfing jeden Besucher wie eh und je mit Ehrfurcht gebietender Monstrosität.

Kaum war er dem Taxi entstiegen, stand sie schon neben ihm.

Mein Gott, ein Bild von einer Frau. Sie wirkte größer als er sie in Erinnerung hatte, erreichte ihn auf Augenhöhe und trug ihr Haar zu einem aparten Knoten gebunden. Ihre kohlschwarzen Augen und ihre blutroten Lippen vereinnahmten ihn auf der Stelle, erschwerten ihm die Aufmerksamkeit auf ihre Begrüßungsworte, und er folgte ihr hinunter ins Gewölbe.

Der Vorbesitzer hatte niemals jemanden in sein Heiligtum gelassen, die Verköstigungen hatten immer im spartanisch eingerichteten Büro stattgefunden. Umso neugieriger war Wilfried Sturm auf den geheimnisvollen Weinkeller.

Frau da Silva hatte sich wirklich Mühe gegeben. Überall leuchteten kleine und größere Kürbisse, echte und künstliche, und verliehen dem Keller ein schaurig flackerndes Orange. Sie standen zu Dutzenden in irgendwelchen Nischen und auf riesigen Weinfässern, die anstelle von Bistrotischen aufgestellt waren. Im Hintergrund konnte er rechts und links die Regalreihen ausmachen, auf denen die wertvollen Tropfen gelagert schienen, weswegen er sich ja letztlich hier eingefunden hatte.

Wie tief der Gewölbekeller tatsächlich war, konnte Wilfried nicht wirklich erkennen. Denn ganz hinten herrschte finstere Nacht.

Seine Gastgeberin führte ihn zu einem seitlich stehenden Fass, auf dem nicht nur mehrere Gläschen und eine gefüllte Wasserkaraffe, sondern auch ein Tablett mit Brotstückchen und Käsehäppchen dekoriert waren.

»Es freut mich, Herr Sturm, dass ich Ihnen heute unsere neuesten Sorten anbieten darf.«

Wilfried schaute sich um, leicht irritiert.

»Und die anderen Gäste?«

»Sie sind der einzige. Ich bediene immer nur einen einzigen Gast. Das ist viel effektiver, als sich inmitten einer plaudernden, unkonzentrierten Gesellschaft zu behaupten.«

Die Frau schien zu wissen, wovon sie sprach. Wilfried fühlte wohlige Zufriedenheit aufkommen.

»Beginnen wir mit einem Weißburgunder«, sagte sie und zauberte besagte Flasche samt Weinkühler aus dem Regal hervor. Sie ergriff eines der Gläschen und füllte es nahezu bis zur Hälfte mit dem klaren, blassgelben Rebensaft.

Wilfried führte ihn bis dicht unter die Nase, genoss den frischen Duft, nahm einen Schluck.

»Fühlen Sie die verführerische Eleganz?«, fragte Frau da Silva und lächelte ihn an.

»Oh ja«, sagte Wilfried zustimmend. »Wirklich gut! Den können Sie schon vormerken.«

Dass er wenig Ahnung von Weinen hatte und bisher immer nur spontan nach Gutdünken seinen Keller füllte, wollte er keinesfalls preisgeben.

Kaum hatte Wilfried das Glas geleert, hielt Frau da Silva bereits die nächste Flasche in der Hand.

»Kommen wir zu einem Rosé, Herr Sturm. Zart und doch fruchtig, mit dem Hauch einer Blumenwiese.«

Wilfried konnte ihren feurigen Augen kaum noch ausweichen, die zielgerichtet auf ihm klebten. Hastig setzte er das Glas an, spürte das kühlende Nass über seine Zunge gleiten.

»Ausgezeichnet, wirklich, wie Sie sagten. Von dem nehm' ich auch ...«

»Warten Sie doch ab, bis Sie alles probiert haben. Erst danach sollten Sie sich entscheiden«, zügelte sie seinen Eifer.

»Sie haben recht, Frau da Silva«, gab er zu, lockerte den Krawattenknoten und öffnete den obersten Hemdenknopf.

Dann verzehrte er ein Käsehäppchen, spülte mit einem Schluck Wasser nach und hoffte, dass er genug Trinkfestigkeit würde bewahren können.

»Nennen Sie mich einfach Isabella«, schlug seine Gastgeberin mit einem neckischen Augenaufschlag vor und schenkte bereits eine dritte Weinsorte in ein frisches Glas.

»Kommen wir zu einem rassigen Roten: Ein Lemberger, kraftvoll, vielleicht etwas herb, und doch würzig im Geschmack. Kosten Sie, Herr Sturm.«

Sie kam ihm ziemlich nah, und Wilfried fühlte bestätigt, dass auch sie in den heutigen Abend gewisse Erwartungen gesetzt hatte.

»Wilfried, sagen Sie bitte Wilfried«, bat er und war höchst erfreut, als er sah, wie sie sich ebenfalls ein Gläschen einschenkte, es ihm zum Anstoßen entgegenhielt. Was er ihr nicht verwehrte.

Der Tropfen hielt, was Isabella versprochen hatte.

»Der Keller ist wirklich famos«, sagte Wilfried nach dem Absetzen seines Glases und ließ die Blicke anerkennend umherschweifen.

»Ja«, entgegnete sie, während sie sich umwandte und nach der vierten Flasche langte. »Ich war schon als junges Mädchen von ihm begeistert. Leider hatte ihn mein Onkel ziemlich vernachlässigt.«

»Dafür haben Sie ihn perfekt herrichten lassen, Isabella. Eine richtige Goldgrube.«

»In der Tat. Dieser Keller ist das Ziel meiner Träume geworden«, schwärmte sie und schenkte nun einen Merlot ein.

Das stand auf dem Etikett, und Wilfried war begeistert vom schimmernden Rot des edlen Tropfens.

»Wie ein Rubin«, sagte er ergriffen, nahm das Glas und schnupperte daran. Führte es an seine

Lippen, ertastete sich zaghaft einen Schluck, ließ ihn auf seine Geschmacksknospen einwirken.

»Bemerken Sie die Anklänge an herbe Schokolade und dunkle Beeren?«, fragte Isabella.

Wilfried nickte ehrfürchtig. »Exzellent, wirklich vortrefflich gut. Also, den ...«

»Psst«, sagte Isabella, ihr Finger berührte für einen elektrisierenden Moment seinen Mund. »Wir sind noch nicht fertig.«

Sie hielt ihm das Tablett mit den Häppchen vor die Nase.

»Bitte, bedienen Sie sich. Wir wollen doch das Finale ein wenig hinauszögern, oder nicht?«

Ihre Stimme, ein elegantes Schwingen, so trocken und würzig wie der Merlot.

»Sie waren früher schon mal hier?«, wagte Wilfried jetzt zu fragen, der Moment für einen kleinen privaten Plausch schien gekommen.

Statt einer Antwort griff sie sich in den Nacken, und nach ein paar gezielten Griffen löste sich ihr Dutt. Das Haar fiel ihr auf die Schulter, schmiegte sich an ihr makelloses Gesicht, umrahmte mondän ihre ausgeprägten Wangenknochen.

Dann goss sie ihm Wasser ein, Wilfried hatte gar nicht bemerkt, dass er seine Gläser bereits geleert hatte.

»Greifen Sie zu«, forderte sie ihn auf und hielt ihm erneut das Tablett entgegen.

»Danke, Isabella, wirklich sehr aufmerksam.«

Er steckte ein Brotstückchen in den Mund, kaute, schluckte, trank Wasser nach.

»Also«, ließ er seiner Neugier freien Lauf, »Antonio Bertoni war Ihr Onkel? Haben Sie ihn denn öfter besucht?«

»Aber selbstverständlich. Regelmäßig mit meinen Eltern, bis ich später nach Brasilien gezogen bin.«

»Ach ja?«, meinte Wilfried und suchte in seinen Erinnerungen vergebens nach dieser überaus begehrenswerten Frau. Immerhin war er bereits etliche Jährchen Kunde dieses Hauses.

»Das Gewölbe ist schon faszinierend, nicht wahr, Wilfried?«, riss sie ihn aus seinen Gedanken, schwärmerische Sehnsucht lag in ihrer Stimme.

»Durchaus, verehrte Isabella! Es verströmt etwas pikant Geheimnisvolles.«

Hatte sie etwa vor, ihn *hier* zu verführen? Ein behaglicher Schauer lief ihm die Wirbelsäule hinab.

Isabella nahm einen kleinen Schluck und richtete ihren Blick ins hintere Dunkel. »Ja! Lady Mallowan wäre beeindruckt gewesen.«

»Lady ... wer? – Ah, eine befreundete Baronin?«

Klar, eine Dame wie Isabella musste ja adligen Umgang pflegen.

Doch Isabella lachte laut auf.

»Sie haben vielleicht Humor! Nein, sie schrieb Krimis.«

»Ach so, dann stimme ich Ihnen zu. Hier könnte man durchaus einen Krimi drehen. ›Mord im Weinkeller‹ oder so.«

Wieder lachte Wilfrieds Gastgeberin. Neckische Grübchen bildeten sich auf ihren Wangen.

»Ja, hier könnte man sich durchaus ein schauriges Drama vorstellen.«

»Zum Beispiel?«, fragte Wilfried, neugierig auf die verborgenen Fantasien seiner Gastgeberin.

»Gift im Wein?« Aus ihren Augen blitzte verschmitzte Hintergründigkeit.

Wilfried hätte sich beinahe verschluckt.

»Nicht doch, liebste Isabella, das wäre zu unverschämt.«

»Aber passend!«

»Und was würde mit der Leiche geschehen?« Er sah sich suchend um, schmunzelte vergnügt. »In einem Weinfass verschwinden lassen? Würde aber mit der Zeit ganz schön unangenehm riechen. Wäre nicht gut fürs Geschäft.«

Sie neigte den Kopf aufmüpfig zur Seite, zog die Augenbrauen zusammen, schien zu überlegen.

»Vielleicht in Salzsäure auflösen?«

»Pfui Teufel, da bleibt sicher etwas Schleimiges übrig.« Er schüttelte sich, nahm schnell einen Schluck Wasser.

Sie sah ihn an, spitzbübisch, schnalzte mit den Fingern. »Nun, folglich müsste das Fass im Boden versenkt werden, das ginge doch – oder? Würde nicht stinken und keiner fände jemals die Leiche.«

Er richtete sein Augenmerk auf den festgestampften Naturboden.

»Sicher ginge das. Mit guter Vorbereitung.«

Bevor Wilfried tiefer in seine Überlegungen versinken konnte, fegte Isabella mit einem Handstreich das wenig passende Thema vom Tisch.

»Schluss mit den bösen Gedanken, wenden wir uns Angenehmerem zu.«

Doch Wilfried war in seinem Element angelangt, immerhin arbeitete er als Reporter für die größte Zeitung im Umland.

»Sie werden's mir vielleicht nicht glauben, Isabella, aber die meisten Leute lieben Schlagzeilen mit Mord und Totschlag«, bekräftigte er. »Denn tief im Innern trägt jeder einen gewissen Hang zum Verbotenen, Verruchten, Bösen in sich.«

Isabella blinzelte ihm zu. »Und Sie?«

Auf eine Antwort schien sie nicht erpicht zu sein, sie bückte sich kurzerhand und holte die angekündigte letzte Kostprobe hervor.

»Mein Paradewein, ein Cuvée aus fünfzig Prozent Merlot und fünfzig Prozent Cabernet Sauvignon.«

Auch diese Flasche war bereits geöffnet und dem Anschein nach nur halb voll. Erwartungsfroh folgten seine Augen dem tiefdunklen Rot, während es das Glas erstürmte.

»Sieht wirklich klasse aus«, bemerkte er, um nicht ganz den Schuljungen heraushängen zu lassen.

»Das will ich meinen. Er ist im Barrique gereift.«

Isabella setzte die Flasche ab, schaute ihm tief in die Augen. »Sie wissen, was das heißt?«

Er schüttelte dezent den Kopf, griff nach dem Glas.

»Halt, Wilfried, warten Sie!«, bremste sie ihn mit einer Handbewegung. »Erst kläre ich Sie auf.«

Er nickte zögerlich. Konnte kaum noch die Augen von der Frau lassen, kaum noch auf ihren Vortrag achten. Am liebsten hätte er das edle Gesöff hinuntergeschüttet und sich über sie hergemacht.

Isabella rückte näher.

»Der Cuvée wurde in einem 225-Liter-Eichenfass gelagert, das extra dafür getoastet worden ist.«

Sie lächelte geheimnisvoll.

»Getoastet?«, fragte er zurück. Das kam ihm doch etwas albern vor.

»Ausgebrannt, Wilfried. Deshalb kann der Fachmann mitunter auch Vanillegeschmack feststellen. Sie hingegen werden begeistert sein von dem komplex fruchtigen Geschmack mit den Aromen aus Kirschen, Cassis und Kaffee, unterzogen mit leichten Paprikanoten. Sehr komplett, rund und nachhaltig.«

Ihm lief das Wasser im Mund zusammen, er langte schnell nach einem winzig kleinen Brotstück, würgte es hinunter.

»Darf ich jetzt ...?«, fragte er und legte verschämte Bescheidenheit an den Tag.

»Tun Sie sich keinen Zwang an, Wilfried.«

Er spürte nicht nur den Duft des Weines, sondern auch den ihres Haares, so dicht war sie an ihn herangetreten.

Während er den Schluck auf der Zunge zergehen ließ und überlegte, welch ein besonderer Geschmack so intensiv herausstach, sagte Isabella:

»Um auf Ihre Frage von vorhin zurückzukommen«, sie schob sich ein Käsestück zwischen die vollen Lippen, zerbiss es langsam, schluckte es kaum merklich, »das erste Mal, als ich meinen Onkel besucht hatte, war ich fünfzehn.«

Wilfried überlegte – das war schätzungsweise vor fünfundzwanzig Jahren. Oh, welch eine wilde Zeit war das gewesen, ein Abenteuer war dem anderen gefolgt. Und am liebsten mit heißblütigen Italienerinnen.

Seine Gedanken stockten.

»Kann es sein, dass wir uns damals doch schon einmal über den Weg gelaufen sind?«, fragte er und bemerkte ein seltsam ziehendes Kratzen im Hals.

»Ja«, sagte sie und fuhr ihm sanft über die Stirn.

Wilfried öffnete den Schlips. Riss ihn weg. Ließ ihn fallen. Da begann sein Magen zu rebellieren. Urplötzlich und hammerhart.

»Ist Ihnen nicht gut?« Ihre Augen taxierten ihn abschätzend.

Er schüttelte den Kopf. Nur keine Schwäche zeigen, schließlich wollte er doch ...

Er hustete und spürte bittrigsüßen Schaum im Rachen emporquellen bis hin zu den Lippen.

Schmeckte wie – Marzipan?

Sein Leib krümmte sich, der Schmerz folterte ihn fürchterlich. Am liebsten hätte er all seine Pein hinausgebrüllt.

Isabella schien seltsam unberührt, beugte sich zu ihm hinab.

»Ich war fünfzehn, und alle riefen mich *Bella*, erinnern Sie sich?«, säuselte sie, ihre Lippen jetzt ganz nah.

Wilfried stemmte sich hoch, stand stocksteif ans Mauerwerk gelehnt. Unfähig zu reden, zuckte er nur mit den Schultern.

»Ja, liebster Wilfried, so hatten auch Sie mich genannt, in Ihrem stinkenden Suff, bevor Sie mir mit mörderischer Gewalt alles zerstörten, worauf ich mir hätte eine Zukunft bauen können.«

Ihr Flüstern zerrte heiß an seinem Ohr.

»Meine Kindheit, meine Jugend, meine Träume.«

Bella, raste es durch seinen Kopf, *mein Gott, die kleine feurige Bella!* Ja, das war ein wenig aus dem Ruder gelaufen.

Da stand sie vor ihm und lächelte ihr wunderbar verführerisches Lächeln. Doch in ihren schwarzen Augen war jegliche Glut erloschen. Klirrende Kälte strömte aus ihnen heraus und unterstrich ihre grauenvollen Worte, die sie ihm wie ein Messer erbarmungslos ins Herz trieb.

»Keine Angst, gleich haben Sie's hinter sich. Kaliumcyanid wirkt nicht nur absolut zuverlässig, sondern auch äußerst schnell.«

Isabella hakte sich bei ihm ein, und Wilfried fühlte sogleich, warum.

Die Beine sackten ihm weg, und der unsägliche Schmerz riss ihn mit bis tief in die untersten Regionen der Hölle, in der er unweigerlich bis in alle Ewigkeit würde schmoren müssen.

Mors certa –
hora incerta!
(Uhrumschrift Neues Rathaus, Leipzig)

Stille Nacht – Böse Nacht

Der Tod ist gewiss, die Stunde ungewiss!

Erbarmungslos trieb das Riesenflockengestöber vom nachtschwarzen Himmel. Als ob jemand da oben beschlossen hätte, alles Übel dieser Welt unter einer meterdicken Decke zu verbergen, bevor die Geburt Jesu Christi eingeläutet wurde.

Es war Heiligabend, und Jan Ortez pflügte mit seinem Range Rover durch die weißbegrabenen Straßen von Heidelberg. Drängte vorbei an steckengebliebenen Autos und sich durchkämpfenden Fußgängern, begegnete machtlosen Räumfahrzeugen und bog vor der Neckarüberquerung links ab. Er bahnte sich einen Weg in die Neuenheimer Landstraße hinein, rechts die Uferpromenade, links ein Prachtbau neben dem andern, bis er die abgestellte dunkle Mercedes-Limousine entdeckte. Direkt vor der Zufahrt zur *Alten Brücke.*

Er lenkte den Rover zur Seite, hielt knapp neben einem der alten Bäume und sah sich um.

Angestrengt versucht, trotz flirrendem Schneeflockengetanze einen Überblick zu erhalten, unterdrückte er den aufkommenden Ärger. Vor nichts graute es ihm momentan mehr, als das schützende Auto zu verlassen.

Aber es musste sein. Einerseits klebte diese einsame Gestalt an der Außenseite des eisernen Brückengeländers, dicht gepresst an die Seitenwand des Pfeilers mit dem Denkmal des Bauherrn, andererseits hatte er einen Job zu erledigen.

Er klappte die Kapuze seines Parkas über den Kopf und holte tief Luft. Zog den Schlüssel ab, drückte die Autotür auf, sprang ins flauschigweiße Freie und schlug die Tür zu.

»Scheißwetter!«, fluchte er.

Aber der Schnee brachte auch Vorteile. Er zauberte nicht nur ein verzücktes Glänzen in Kindergesichter, er begrub auch leidigen Schmutz und verhüllte manch widerliche Dinge vor den Augen neugieriger Zeitgenossen.

Jan schaute in alle Richtungen und war beruhigt. Die Geräusche gedämmt, das Tageslicht schon lang erloschen, wirkte es, als ob weit und breit nur er und die Gestalt vor der schmalen Eisenbrüstung existierten. Gespenstisch beleuchtet wie auf einer Theaterbühne.

Er überprüfte den Inhalt seiner Jackentaschen, marschierte los und betrat die Brücke.

Der Lebensmüde rührte sich nicht.

Um ihn nicht zu erschrecken, pfiff Jan vor sich hin und spielte einen Beschwipsten. Es funktionierte. Er befand sich schräg hinter dem Mann, als sich dieser zu ihm umsah.

»He!«, rief Jan. »Da unten schon alles dicht?«

Der Mann hob den Kopf. Zögerlich. Die Mimik eingefroren.

»Wie bitte?« Seine Stimme war heißer, kaum zu verstehen.

»Na, da unten. Der Verkehr!«

»Da ist nur Wasser«, nuschelte der Mann. »Die Bundesstraße ist dort drüben.« Sein Kopf deutete leicht in besagte Richtung.

»Ach ja, stimmt!« Jan grinste. »Dann knallen Sie auch keinem aufs Dach, wenn Sie abstürzen.«

Er ignorierte den irritierten Blick des Mannes, trat ans Geländer, um festzustellen, was die kalte Tiefe bereithielt.

»Meinen Sie, die Höhe reicht aus?«

Der Lebensüberdrüssige richtete seine müden Augen nach unten. »Ich kann nicht schwimmen.«

»Oh!«, entfuhr es Jan. »Das nenn ich mal nachlässig!« Er gab seiner Stimme einen vorwurfsvollen Ton. »Sie erwarten hoffentlich keinen leichten Tod. Ertrinken ist grausam. Sie möchten die Luft anhalten. Trotzdem schwappt Wasser in Ihren Hals, und Sie müssen husten. Schnappen dabei nach Luft, ob Sie wollen oder nicht. Mit jedem Atemzug pumpen Sie Wasser durch die Luftröhre, kriegen Panik, die Herzfrequenz steigt. Wenn Sie Glück haben, krepieren Sie an einem Infarkt. Wenn nicht, strampeln Sie wild um sich, und erst wenn die Lungen zum Bersten gefüllt sind, dürfen Sie auf Bewusstlosigkeit hoffen. Sie erschlaffen, zucken unkontrolliert und jetzt – endlich – ein letzter Atemzug und finito! Wenn Sie Glück haben.«

Die kleinen Augen des Mannes schwenkten in Jans Richtung und flatterten unruhig.

»Was wollen Sie von mir?«

»Wir haben heute die Heilige Nacht. Sie sind allein, ich bin allein. Also plaudern wir ein wenig. Wäre natürlich besser, wenn ich nicht ständig damit rechnen müsste, dass Sie mir mitten im Satz abrutschen.«

»Ich halte mich fest.«

Der Mann wandte sich ab und schaute wieder vor sich in den Abgrund.

»Und wenn Ihre Flossen erfroren sind, ist Sense. Sie machen einen Abflug, das ist Ihnen doch klar. Oder?«

»Deshalb stehe ich auch da, wo ich stehe.«

Die Worte des Todesbereiten wurden nahezu von der dumpfen Akustik verschluckt.

Rasch trat Jan direkt hinter ihn. Halten hätte er ihn dennoch schwerlich können, wenn er gesprungen wäre.

»Gibt es einen Grund, warum Sie da stehen, wo Sie stehen?«

»Der geht Sie nichts an.«

»Ach, haben Sie sich nicht so. Ich bin vermutlich der letzte Mensch, mit dem Sie reden. Und ich bin verschwiegen wie ein Grab.« Jan hüstelte. »Verzeihung, war nicht so gemeint.«

Der Mann wandte sich um, so gut es ging.

»Wer sind Sie?«

Jan beugte sich vor, bis nah an sein Gesicht.

»Ich bin Jan.«

Der Mann bewegte sich. Versuchte womöglich, seine Beine bequemer auszurichten und Abstand zu gewinnen.

»Ich heiße Jochen. Jochen van Dahlen.«

»Freut mich, Jochen, Sie kennenzulernen.«

Van Dahlen verzog seinen Mund zu einem schrägen Grinsen.

»Kann ich im Gegenzug gerade nicht behaupten. Denn ich gehe davon aus, dass Sie mich an meinem Vorhaben hindern möchten.«

»Sehe ich so aus?«

Van Dahlen lachte heiser auf. »Sie sehen beinah aus wie der Weihnachtsmann.«

»Sie sehen auch nicht viel besser aus«, gab Jan zurück.

Van Dahlen stieß rasselnd den Atem aus. »Was treiben Sie hier an diesem Abend? Sollten Sie nicht in einer warmen Wohnung hocken, bei Frau und bei sonst noch wem, sich an einem leuchtenden Weihnachtsbaum ergötzen und einen Glühwein trinken oder so?«

»Ich? Keinesfalls. Ich bin eingefleischter Junggeselle, Atheist und beruflich unterwegs.«

»Sie Ärmster. Was tun Sie?«

»Bin Inhaber einer international agierenden Entsorgungsfirma. Da gibt es genug Arbeit.«

»Ich besitze ein Schmuckfachgeschäft in der Altstadt. War Juwelier mit Leib und Seele. Bis ...« Van Dahlen brach ab.

»Bis was?«, bohrte Jan.

»Meine Frau ...«

»Ja?«, drängte Jan.

»Sie hat mich nicht nur in den finanziellen Ruin getrieben, sondern sie betrügt mich auch.«

»Shit!«

»Das kann Ihnen nicht passieren. Ich hätte auch nicht mehr heiraten sollen.«

»Ihre zweite Ehe?«

»Ja. Meine Frau ist dazu dreißig Jahre jünger als ich. Und eine begabte Designerin. Meine Exfrau hatte sie in die Firma geholt. Steigerte unseren Umsatz drastisch. Und ich dankte es ihr, indem ich sie mit Doretta betrog.«

»Na, das ist tatsächlich nicht die feine Art.«

»Es kommt noch schlimmer. Meine Ex warf sich nach der Scheidung vor einen Zug. Hat meiner Publicity ziemlich geschadet.«

»Was Sie jedoch nicht davon abgehalten hat, die galante Doretta zu heiraten.«

Van Dahlen nickte zögernd. »Ihre Geldgier und Verschwendungssucht ist mir viel zu spät bewusst geworden.«

»Und nun geben Sie ihr allein die Schuld an Ihrem Scheitern?«

Jan kassierte einen skeptischen Blick, den er mit einem ungezwungenen Lächeln quittierte. Das trieb den Juwelier zum Weiterreden, als wolle er seine letzte Beichte ablegen.

»Ich habe Diamanten weiterveräußert, im Glauben, sie stammten aus Antwerpen und wären zertifizierte Anlagediamanten. Es handelt sich dabei nicht um Schmucksteine. Sie sind in Plexiglas eingeschweißt oder mit Lasergravur versehen. Ich hatte zu spät bemerkt, dass auch Zirkonia darunter waren und woher die Lieferungen stammten.«

Jan legte den Kopf schief. »Sie wollten aussteigen?«

»Das sind organisierte Verbrecher. Als ich mich weigerte, weiterzumachen, drängten sie mich zum Handel mit Rohdiamanten ohne Herkunftszertifikate.«

»Blutdiamanten?« Jan zog die Brauen hoch. Demonstrierte erstauntes Entsetzen.

»Ja, sogenannte Konfliktdiamanten. Und ich in meiner Naivität habe die Situation ausgenutzt und den Verbrechern Geld unterschlagen, wollte die Verluste der geprellten Anleger mildern. Habe mich immer tiefer in die Misere geritten.«

»Und deshalb stehen Sie auf der falschen Seite des Brückengeländers«, folgerte Jan und sah die aufflackernde Verzweiflung in den Augen des Juweliers.

»Wenn ich mich nicht töte, tun sie es. Ich kriege seit Wochen Morddrohungen. Und die sind nicht zimperlich. Glauben Sie mir. Dann werfe ich mich lieber in den eiskalten Fluss.«

»Heute, am Weihnachtsabend.« Jan schüttelte den Kopf. »Das ist aber nicht sehr lobenswert, Herr van Dahlen.«

»Kann sein. Aber es gibt kein Zurück.«

»Und Ihre Frau?«

»Ich habe ein Flugticket nach Australien gefunden.«

»Na ja«, stichelte Jan, »ich würde jedenfalls nicht kampflos das Feld räumen. Und dazu die Lebensversicherung.«

Der Juwelier kniff die Augen zusammen. »Woher wissen Sie von meiner Lebensversicherung?«

»Hat heutzutage nicht jeder eine? Ganz besonders in Ihrer Position?«

Van Dahlen zeigte sich beschwichtigt. »Aber die zahlt nicht bei Selbsttötung.« Er lachte rau. »Das gönn ich ihr nicht.«

»Aber bei Mord.«

Van Dahlen schaute auf. Sein Blick war schlagartig klar. Als ob er zu begreifen begann.

»*Wer sind Sie?*« Der Juwelier wischte sich mit einem Arm übers Gesicht, musste dafür das Geländer loslassen.

»Sagte ich das nicht schon?« Jan legte seine rechte Hand auf van Dahlens Schulter.

Hastig suchte der in die Enge getriebene Schmuckhändler Halt am Eisengriff. In seinen Augen blitzte Panik auf.

»Sie wollen mich töten, stimmt's?«

»Ach, warum so theatralisch? Ich will nichts, was Sie nicht auch wollen. Heute ist Weihnachten, da werden Wünsche erfüllt. Also, wo ist das Problem?«

»Sie könnten mich einfach springen lassen.«

»Und mir den Spaß verderben?«

Jan schüttelte den Kopf, beugte sich weit vor und schlang seinen Arm um van Dahlens Hals.

Zu keiner Abwehr fähig, hielt sich dieser verkrampft an der Balustrade fest. Wenn die Situation nicht so absurd gewesen wäre, hätte Jan lauthals losgelacht. Da will sich dieser Schisser umbringen, aber nicht umbringen lassen. Eine paradoxe Ironie. Dabei ginge das erheblich schneller und schmerzloser über die Bühne. Jan war Profi und bekannt für seine zuverlässige, saubere Arbeit. Und seinen Ruf würde er sich nicht schädigen lassen. Schon gar nicht durch einen unkontrollierbaren Sturz in den Neckar.

»Ihre Doretta«, begann Jan zu sticheln, »hat ein hübsches Herz-Tattoo mitten auf der linken Arschbacke. Umrankt von einer Schlange.«

Van Dahlen fuhr herum. Soweit es ihm in dieser Situation möglich war. Seine Augen glühten zornig.

»Sie ... *Sie* haben sich an meine Frau rangemacht?«

»Bingo!« Jan freute sich. Jetzt erhielt die Sache endlich Schwung. »Und das war gar nicht so leicht. Ich glaube, Doretta liebt Sie tatsächlich.«

Er warf dem Juwelier die Worte an den Kopf, obwohl er über diesen Sachverhalt keineswegs Bescheid wusste, denn er kannte die blonde Schönheit bisher nur durch einen Facebook-Account, über den er sich bei ihr eingeschlichen und allerhand aus ihr herausgelockt hatte. Er hatte ihr ein Aktfoto irgendeines Männermodels geschickt und sie ihm ein Selfie ihres Hinterns.

»Sie Schwein!«, zischte van Dahlen.

»Na, nun werden Sie nicht unhöflich. Schließlich haben Sie gegen Gesetze verstoßen und auch noch biedere Geschäftsleute übers Ohr gehauen. Von dem tragischen Tatbestand, Ihre Ex in den verfrühten Tod getrieben zu haben, rede ich erst gar nicht. Meine Order lautet lediglich, für ausgleichende Gerechtigkeit zu sorgen.«

Urplötzlich bäumte sich der halberfrorene Körper des Juweliers auf. Jan hatte Mühe, ihn im Würgegriff zu halten.

»Hampeln Sie nicht so herum, van Dahlen. Es hat alles keinen Sinn.«

Jan langte mit der Linken in die Jackentasche. Er ergriff die kleinkalibrige Pistole, eine 22er Beretta, zerrte sie heraus und presste den Lauf an die Schläfe des Juweliers. Auf den Schalldämpfer verzichtete er, die Natur hatte sich mit ihm verbündet, keiner würde den Schuss hören.

»Bitte«, jammerte van Dahlen, dem Tod so gnadenlos ausgeliefert, »ich will nicht sterben.«

»Keine Sorge. Tut kaum weh!«

Jans Zeigefinger zuckte, das Projektil drang ins Hirn des Schmuckhändlers, begleitet von einem kurzen Knall. Verkantete sich irgendwo im zersplitterten Schädelinnern, zerstörte in Sekundenschnelle alles, was ein Leben ausmacht.

Der Körper sackte in sich zusammen, und Jan überließ ihn der Schwerkraft. Fast enttäuscht, wie unspektakulär der Tote ins Dunkel verschwand, wie lautlos er im Eiswasser versank.

Ohne Zeit zu verlieren, stapfte er auf van Dahlens Wagen zu, kramte aus der anderen Jackentasche ein kleines verschnürtes Päckchen und schob es unter den Motorbereich. War nicht ganz einfach wegen des Schnees, der sich ums Auto auftürmte.

Gleich darauf stieg er in den Range Rover, manövrierte ihn aus der Gefahrenzone und löste mittels Handy den Zünder aus.

Die Explosion erfolgte unmittelbar. Ein höllisches Getöse im krassen Kontrast zum sakralen Glockengeläut, das seine Schäflein zur Christmette rief. Ein munteres Feuerspektakel in dramatischem Einklang mit den Festbeleuchtungen auf der alten Steinbrücke überm Neckar und der prächtigen Schlossruine über der Stadt.

Jan schmunzelte und gab Gas. Spürte die aufsteigende Erregung in seinem Brustkorb. Lechzte danach, die trauernde Witwe Doretta van Dahlen trösten und ihr die Wartezeit auf den Geldsegen versüßen zu dürfen.

Ein lupenreiner Viertelkaräter lag schon parat.

DIE SCHMUCKREVUE-KRIMIS

Jan Ortez vs. Peter Wellendorf-Renz

Anno 2017 in der Goldstadt, das Jahr des
250-jährigen Jubiläums der
Pforzheimer Traditionsindustrie

USCHI GASSLER & CLAUDIA KONRAD

Fette Beute

Einem Leichentuch ähnelnd waberten dicke Nebelschwaden durch Pforzheims Straßen. Über die Altstädter Brücke blickend, war die Ampelanlage vor dem HELIOS Klinikum nur schwerlich auszumachen. Langsam zuckelte ein VW-Käfer in die Kanzlerstraße, bog kurz darauf in die Robert-Bauer-Straße ein, um vor dem Haupttor zur Pforzheimer Edelmetall-Scheideanstalt PESA zu stoppen.

»Wellendorf-Renz, Kriminalpolizei, ich werde erwartet.«

Lautlos öffnete sich das schwere Tor. Nebel füllte auch hier den dachlosen Innenhof an diesem ungemütlichen Januarmorgen.

Die Kollegen der Spurensicherung kamen gerade aus dem Gebäude.

»Scho färdich?«, fragte Welle.

»Ha jo, aber Wert wartet no auf Se. Gehe Se do hanne nom ond hinne links.«

Mit seinem Staffordshire Bullterrier im Schlepp machte er sich auf den Weg.

»Na, jetzt wird es aber Zeit, guten Morgen«, begrüßte ihn Rechtsmediziner Wert.

»Kuhlmann spricht mit den Geschäftsführern.

Wenn du schnell einen Blick auf die Toten werfen möchtest ...«

Mit einem Ruck riss er die Plane weg.

»Das hier ist Wachmann Günter Esser. Er hatte Nachtschicht. Zwei Schüsse. Einer ins Herz, der andere in den Nacken. Tatzeit etwa vor drei Stunden. Komm mit, der andere liegt vor der Tresortür.«

Wortlos wechselten sie die Etage.

»Das nenne ich mal Türen, heidenei«, pfiff Welle.

Am Ende der Sicherheitsschleuse lag vor der verschlossenen Tresorraumtür eine schwarz gekleidete männliche Person.

»Das wird wohl einer der Täter sein«, mutmaßte Wert. »Ein Schuss mitten in die Stirn. Etwa fünfunddreißig bis vierzig Jahre alt. Asiate, Papiere hat er keine.«

Er gab das Zeichen zum Abtransport.

Welle betrachtete beide Sicherheitstüren. Keine sichtbaren Spuren von gewaltsamer Öffnung, nur Pulverreste, die von den Kollegen der Spurensicherung stammten.

»Ah, da bist du ja. Darf ich bekanntmachen, Sonderermittler Hauptkommissar a. D. Wellendorf-Renz, Hans-Jörg Pichler, der Geschäftsführer, und sein Stellvertreter Ernst Guchle.«

Kriminalhauptkommissar Kuhlmann stellte die Herren einander vor.

»Der Tresorraum ...«, begann Welle.

»War verschlossen. Die Herren wollen ihn jetzt öffnen«, vollendete Kuhlmann den Satz.

Unter genauer Beobachtung wurde die schwere Stahltür mittels Codekarten und Fingerabdruckscanner geöffnet. Sie war noch wuchtiger als ihr Gegenüber, hatte sieben statt vier Bolzen, eine typische Hartmann-Tür.

»Hier fehlt etwas«, rief Guchle.

Welle musterte ihn mit hochgezogener Augenbraue.

»Hier standen gestern Abend zwei Kisten mit Goldgranulat, und dort drüben lagen einhundert Ein-Kilo-Goldbarren«, sagte Guchle.

Pichler schaute sich um und ergänzte: »Der Aktenkoffer mit den Edelsteinen ist ebenfalls weg. Er stand hier unten im Regal.«

»Sie haben auch Edelsteine gelagert?«, fragte Kuhlmann.

»Vorübergehend. Von einem Kunden«, antwortete Guchle.

»Wie können Sie nach dieser flüchtigen Inaugenscheinnahme so detailliert wissen, was fehlt?«, hakte Welle nach.

»Die Ware hätte heute ausgeliefert werden sollen. Außerdem notieren wir alles, bevor es im Tresor eingelagert wird. Und ich, ich meine, wir beide«, dabei deutete er auf Pichler und sich, »wir haben gestern höchstpersönlich die Sendung vorbereitet und den Tresorraum verschlossen.«

»Wer macht das sonst?«

»Immer einer von uns zusammen mit dem Prokuristen, Herrn Bär«, antwortete Pichler.

»Wann erscheint Herr Bär heute zum Dienst?«

»Gar nicht, er hat sich vor drei Tagen krank gemeldet.«

»Würden Sie uns bitte eine vollständige Liste aller Mitarbeiter erstellen?«, bat Kuhlmann.

Die Delegation verließ den Tresorbereich.

»Sagen Sie«, begann Welle, »sind Ihre Arbeiter um diese Zeit schon alle da?«

Pichler blieb stehen, um auf seine Uhr zu blicken. »Es ist erst fünf Uhr dreißig, nein. Nur einen Teil finden Sie in der Halle für Funktionswerkstoffe. Das Gebäude liegt auf der anderen Hofseite. Ich lasse Sie dorthin begleiten, wenn Sie wollen.«

Welle bejahte und verabschiedete sich zunächst.

»Wegen der Mitarbeiterdaten müssten Sie sich ab sieben Uhr dreißig an unsere Personalsachbearbeiterin wenden«, meinte Pichler an Kuhlmann gerichtet.

Sie betraten das Chefbüro.

»Natürlich muss auch unsere Firma Einsparungen vornehmen, die Umstrukturierungen mit sich bringen. Das betrifft einige Bereiche, in denen wir Stellen abbauen müssen.«

»Das heißt, Sie haben Kündigungen ausgesprochen? Für welche Abteilungen?«

»In erster Linie für das Wachpersonal, wir ersetzen sie durch ein Security-Unternehmen. Mitarbeiter aus dem Verwaltungsbereich wird es auch treffen.

»Gehörte Esser dazu?«

»Bezüglich der Wirtschaftlichkeit, ja, menschlich gesehen, nein. Ich war mir noch unschlüssig.«

»Wäre es möglich, uns einen Besprechungs-raum für einige Befragungen zu reservieren?« Kuhlmann wandte sich zum Gehen. »Ach, zeigen Sie mir bitte Ihre Zugangsausweise.«

»Wozu? Sie standen doch vorhin dabei, als wir geöffnet haben«, raunte Guchle. Er war gereizt, holte aber seine Karte hervor.

Kuhlmann betrachtete sie genauestens.

»Wenn einer von Ihnen krank wird, wie kom-men Sie dann an die anderen Codekarten oder Fin-gerabdrücke?«

»Dafür gibt es Notfallkarten«, erklärte Pichler. »Die Zugangsdaten werden gespeichert, sodass jede Öffnung nachvollziehbar ist.«

»Können Sie mir das bitte zeigen?«

Pichler öffnete einen kleinen, in der Wand ein-gelassenen Safe.

»Hier bitte. Die Ersatzkarten sind sicher aufbe-wahrt. Die dazugehörigen Zugangscodes liegen wiederum in einem anderen Safe.«

»Und wer ist berechtigt, die Karten aus dem Sa-fe auszulösen?«

»Die Geschäftsleitung und Herr Bär.«

»Ich verstehe es immer noch nicht. Wie muss ich mir das vorstellen?«

»Kommen Sie.« Pichler führte Kuhlmann an den PC, öffnete ein Sicherheitsprogramm und deutete auf den Bildschirm. »Verstehen Sie jetzt?«

Kuhlmann erkannte eine Aufzeichnung sämtli-cher Kartenentnahmen mit Personalnummern, Datum und Uhrzeit.

»Trotzdem klingt das sehr verwirrend. Rein theoretisch könnte man sich mit gewissen Kenntnissen eine Karte nachmachen.«

»Wie bitte? Was unterstellen Sie da, ich verbitte mir solch höhnische Bemerkungen«, wetterte Guchle.

»Oh, ich wollte Ihnen keinesfalls zu nahe treten.«

Welle bestaunte die Anlagen und Öfen. Seine durchaus vorhandene Faszination unterbrechend, wandte er sich der Ermittlungsarbeit zu und unterhielt sich mit diversen Mitarbeitern. Sie alle versicherten, nichts von dem Einbruch mitbekommen zu haben, der sich im Bürotrakt abgespielt hatte. Daraufhin ging er zum Haupttor.

Dass die Täter Informationen bezüglich sämtlicher Schichtpläne innerhalb der einzelnen Gebäude gehabt haben mussten, wurde ihm klar, nachdem er einen Einblick in das gesamte Sicherheitssystem im zentralen Überwachungsraum mit zahlreichen Monitoren bekommen hatte.

»Wie kann es sein, dass keinerlei Tor- oder Türbewegungen zwischen zweiundzwanzig Uhr und drei Uhr morgens zu sehen sind?«, fragte Welle.

Kuhlmann betrat gerade den Raum.

Der Wachhabende setzte abermals die Videodateien an ihren Anfang zurück, ließ sie in verzögerter Geschwindigkeit abspielen. Nichts, keine Bewegung.

»Ich kann mir das auch nicht erklären. Die Zeiten laufen nahtlos durch. Hier, hier komme ich zum

Dienst, sehen Sie, drei Uhr achtunddreißig, und die Pforte ist verwaist.«

»Ich werde unsere Techniker herbitten. Sorgen Sie dafür, dass inzwischen niemand hier hereinkommt«, bat Kuhlmann.

Während Kuhlmann im Polizeipräsidium erste Auswertungen erstellte, klingelte Welle den in Huchenfeld wohnenden Prokuristen aus dem Bett.

Udo Bär, der völlig überrascht wurde, konnte seine Zugangskarte vorzeigen. Unter heftigem Niesen und Husten beantwortete er geduldig die Fragen. Er berichtete vom seltsamen Verschwinden industrieller Kupfer- und Silberbandrollen Anfang letzten Jahres. Der Gesamtwert wurde auf rund zweihunderttausend Euro geschätzt.

»Beweise für einen Raub gab es nicht. Man vermutete eher einen Fehler in der Dokumentation. Herr Pichler wurde nach diesem Vorfall als Geschäftsführer eingestellt, sein Vorgänger mit sofortiger Wirkung beurlaubt. Ernst Guchle arbeitete seinerzeit als Vertriebsleiter. Ich als Prokurist ohne Schlüsselgewalt. Die bekam ich erst mit der Umstrukturierung des Betriebs«, erklärte Bär.

»Guchle hatte also schon damals Zugang zur Tresoranlage?«

»Ja.«

»Trauen Sie ihm Veruntreuung zu?«

»Eigentlich is er scho e Lumpeseggl, aber so ebbes? Noi, i glaab ned.«

»Haben Sie Kenntnis von einem Aktenkoffer im

Tresorraum?«

»Was es mit dem auf sich hat, wusste in jedem Fall der vorherige Geschäftsführer. Möglicherweise könnte auch Herr Guchle wissen, wem er gehört.«

»Und Günter Esser, wissen Sie etwas über ihn?«

»Er ist mir freundlich und hilfsbereit in Erinnerung.« Bär überlegte einen Moment. »Noi, er war immer recht.«

Gegen acht Uhr begannen in den Räumen der PESA die Befragungen. Welle gesellte sich zu den Computertechnikern.

»Die Kameraaufzeichnung für ein ebenfalls in der Robert-Bauer-Straße befindliches Werkstor wurde auch verfälscht, Zeiten gelöscht und Standbilder von leeren Gängen eingefügt«, erklärte der Techniker.

»Wie lang brauchts für so nen Schmuh?«

»Ein Profi kann das in weniger als einer halben Stunde erledigen. Noch schneller geht es, wenn die Festplatten einfach ausgetauscht würden. Wir prüfen das noch.«

Welle ließ sich in die Einfahrtshalle führen. Akribisch suchte er den Boden ab. Eine deutlich zu erkennende Reifenspur zog seine Aufmerksamkeit an.

Sein Hund schnüffelte unter einem Hochregal herum.

»Trollinger, was schnüffelschd do? Hasch ebbes gfunne?«, fragte er und ging auf die Knie.

Ziemlich hinten lag ein Lumpen.

Umständlich fischte er eine Tüte aus der Jackentasche, mittlerweile lag er bäuchlings auf dem kalten Betonboden.

»Dunnerwedder noch emol, so en Granade-
scheißdreck«, schimpfte er.

Der Lappen roch schwach nach Chloroform.

Polizeidirektion Pforzheim, eine Woche später.
»Ich habe die Karlsruher Kollegen, die sich mit
Wirtschaftsdelikten beschäftigen, kontaktiert. Damals gab es keine Anzeige über das Verschwinden
der Edelmetallbandrollen. Die Ermittlungen wurden firmenintern gesteuert. Bärs und Pichlers Vi-
ten sind einwandfrei. Ein wenig Kopfschmerzen
bereitet mir Guchle. Er ist seit seiner Ausbildungs-
zeit in diesem Betrieb, erhielt vor drei Monaten
eine Abmahnung. Pichler erzählte von einem Fehl-
verhalten und der daraus resultierenden Stornie-
rung eines Großauftrages. Die Wohnungs- und
Hausdurchsuchungen der drei blieben erfolglos.
Allerdings gibt es in Guchles villenähnlichem Anwesen vergoldete Wasserhähne, in der Garage
steht ein fast unbezahlbarer Oldtimer. Schulden
hat er laut Bankauskunft keine. Auch keine Auffäl-
ligkeiten im Kontoverlauf. Bei Esser gibt es nichts
Besonderes. Junggeselle, keine Kinder. Lebte be-
scheiden. Alle aalglatt.«

»I häb grad a kräftigs Déjà-vu«, grübelte Welle
laut. »Ein weißes Schiff schipperte nach China und
hatte womöglich tonnenweise Pforzheimer Gold
und Silber geladen ...«

Kuhlmann grinste breit: »Schön ausgedrückt! Du meinst den Anaconda-Fall. Vielleicht gibt es eine Verbindung. Ich prüfe das einmal.«

Drei Wochen später.

»Do kenntscht grad gladd der Wänd hoch grabble! Mir sin raus!«, schimpfte Kuhlmann. »Die Staatsanwaltschaft für Wirtschaftsstraftaten hat die Ermittlung aufgenommen. Wachmann Esser wurde zunächst mit dem Chloroformlappen außer Gefecht gesetzt. Später kam er wohl zu sich und muss den Tätern in die Quere gekommen sein. Ob er ihnen im Vorfeld geöffnet hat oder nicht, bleibt unklar. Die Projektile in seinem Körper stammen aus zwei unterschiedlichen Waffen. Eines ist identisch mit dem Projektil, das Wert aus dem Hirn des Täters fischte. Denkbar, dass ein weiterer Täter einen Schuss auf Esser und seinen Komplizen abgegeben hatte. Die Identität des getöteten Einbrechers konnte nicht festgestellt werden. Und die scheiß Reifenspuren in der Halle bringen uns auch kein Stück weiter. Die Sicherheitstüren wurden, wie schon vermutet, mit Ersatz-Codekarten und Ersatz-Pins geöffnet. Aber wie sie den Scanner überlistet haben, wissen wir immer noch nicht. Welcher Granadesäggl steckt da bloß dahinner? Ich tippe auf Guchle, was denkst du?«

»Ja, scho, i a. Eine Verbindung zwischen Guchle und dem *Anaconda*-Fall scheints ned zu gäbe. Selbst wenn die Oglegeheit no so stinkt, mir hen zu wenig für ne Oklag. Vielleicht gelingt es der Staats-

anwaltschaft«, sagte Welle. Angesäuert schlug er
die Akte zu.

»Sach e mal, was ist eigentlich aus de annere
Schereschleifa im Fall *Anaconda* geworden?«, fragte Kuhlmann.

Welle lachte gerade heraus.

»Wahrscheinlich schlürfe die grad Hühnersupp
in Hongkongs Rotlichtviertel.«

Juwelenblut

Seit sie wusste, wie Jan Ortez seinen Lebensunterhalt bestritt, setzte sie ihn massiv unter Druck.

»Du musst es mir besorgen«, bedrängte ihn die junge Juwelierswitwe täglich. Dabei meinte sie keineswegs verlockende Körperübungen auf ihrem Luxuswasserbett.

Nachdem sich ihr Ehegatte wegen unlauteren Diamanthandels in eine Sackgasse manövriert und aus dem Leben verabschiedet hatte, war Doretta vor einem Jahr in den leerstehenden elterlichen Bungalow im Pforzheimer Rodgebiet eingezogen. Als diplomierte Schmuckdesignerin wollte sie mit eigenen Kreationen Fuß fassen. Und Jan hätte durchaus gerne noch länger ihre reizende Gastlichkeit genossen, wenn sie ihn nicht ständig mit ihrer Forderung belästigen würde.

»Hol mir das komplette Sortiment. Die Steine gehören mir«, schnitt sie das leidige Thema in der Silvesternacht aufs Neue an, während er durchs Panoramafenster das funkelnde Farbspektakel über der Goldstadt bewunderte.

Das Problem bestand einzig in der Tatsache, er brach üblicherweise nicht in hochgesicherte Gebäude ein, um Safes zu plündern oder die Eigner um ihre Wertsachen zu prellen. Seine Zielobjekte waren die Eigner höchstpersönlich. Und diese in ihren privaten Domizilen aufzusuchen, war stets die letzte Alternative, die er sich offenhielt.

Leider hatte er bei seiner Entscheidung, mit Doretta van Dahlen anzubändeln, nicht bedacht, dass die Lady ziemlich klug war und ihn bald als das erkannte, was er war.

Zugegeben, er hatte das Leben ihres Mannes verkürzt. Berufsbedingt. Aber damit hatte er Doretta nicht schockieren können, eher befreien. Und dadurch hatte er sich ihr ausgeliefert.

Die Brillanten, Saphire, Smaragde und Rubine, die sie für sich beanspruchte, gehörten einst ihrem Vater. Der wiederum hatte die Kostbarkeiten mithilfe des damaligen Geschäftsführers einer Scheideanstalt vor dem Zugriff der Gerichtsvollzieher gerettet. Ein gelungener Versicherungsbetrug, der ihm ermöglicht hatte, seinen Betrieb aus der Misere zu ziehen. Der Sprung von Glas- zu Edelsteinen hätte ihm, im Gegensatz zu anderen steinhandelnden Firmen, beinah das Genick gebrochen. Bedauerlicherweise verstarb er allzu früh, Dorettas Mutter setzte sich ab, und sie selbst fand einen lukrativen Job in Heidelberg. Seither lagerte das umfangreiche Edelsteinsortiment gesichert in der Pforzheimer Edelmetall-Scheideanstalt PESA, der korrupte Geschäftsführer war wegen Betrügereien geschasst worden, und keiner kam mehr an die Juwelen heran. Doretta schon gar nicht. Was sie nicht zur Ruhe kommen ließ.

»Ich kenne dort einen Wachmann«, erklärte sie und trank ihr Glas in einem Zug leer.

Draußen erloschen die letzten Leuchtraketen. Jan trug schweigend die Champagnergläser in die Küche, Doretta folgte ihm. Er spürte ihren warmen Körper im Rücken.

»Günter Esser frisst mir aus der Hand«, bekräftigte sie.

Jan drehte sich um. Atmete ihr betörendes Parfüm ein.

Sie zog ihr T-Shirt aus, schüttelte ihre goldene Haarpracht in Form. Redete unbeirrt weiter.

»Er misstraut dem neuen stellvertretenden Geschäftsführer. Guchle heißt der, aber an den komm ich nicht ran. Der tut so, als würde er mich nicht mehr kennen, obwohl er mit meinen Eltern befreundet war und ihnen die Deponierung vermittelt hatte.«

Sie streckte Jan ihren Rücken zu, damit er den BH öffnete.

»Aber Esser kriegen wir auf unsere Seite. Er steht mit Guchle auf Kriegsfuß, seit der in die Führungsriege aufgestiegen ist«, ließ sie nicht locker und drückte sich textilbefreit an ihn.

»Ich habe eine Idee, Darling«, hauchte sie ihm ins Ohr und streichelte seine Brust, seinen Bauch, ihre Hand wanderte tiefer. »Und du bist perfekt dafür geeignet.«

Jan blickte ihr in die erwartungsfrohen Augen. Ein schimmerndes Grün mit Weichmachergarantie. Dummerweise hatte sie recht, er lag ohnehin schon zu lang auf der faulen Haut, seine Nerven gierten nach frischen Adrenalinschüben. Und dazu zählten keine Betteskapaden. Nein, er brauchte weitaus Anspruchsvolleres, Lukrativeres.

Kurzerhand legte er seine Bedenken ad acta und gab ihr nach.

Den Range Rover parkte Jan gegen Mitternacht in der Nähe des HELIOS Klinikums. Nasskalter Januarnebel hüllte ihn beim Aussteigen ein. Fröstelnd lief er die Straße entlang, bog in das Nebensträßchen ab.

Kurz vorm Pförtnerbüro stülpte er sich die Sturmhaube über. Seine Hände glitten prüfend über die schwarze Outdoorjacke. Er hatte alles, was er benötigte, bei sich. Das Notebook steckte in der Umhängetasche.

Er klopfte zweimal kurz an die Scheibe, machte eine Pause, dann dreimal. Wartete geduldig, bis er das leise Surren am stählernen Tor hörte und es sich aufschob. Er ging hinein, das Tor schloss sich, und er durchquerte den Innenhof.

Seine Augen suchten den Mann, den er hier treffen sollte. Günter Esser, den Wachmann.

»Hierher«, flüsterte dieser auch schon.

Jan folgte Esser ins Gebäude. Die schicke Eleganz des Interieurs beeindruckte ihn.

»Sie ruinieren sich Ihre Zukunft, das ist Ihnen doch klar?«, stellte er fest.

Esser bedachte ihn mit einem unsicheren Blick.

»Dank Doretta hab ich meinen Anteil in Sicherheit. Ich hau nach Südamerika ab, bevor die mir einen Arschtritt geben. Sie wollen mich durch einen externen Dienstleister ersetzen. Zwei Jahre hätte ich noch. Nur zwei Jahre.«

»Das ist in der Tat nicht sehr nett«, pflichtete Jan bei und folgte dem gebeugten Wachmann durch mehrere Flure, dann eine Etage tiefer. Bis sie in den Tresorbereich kamen und vor der gläsernen Sicherheitstür standen. Der Stahlrahmen wirkte äußerst stabil.

»Kugelsicheres Glas«, mutmaßte Jan. »Sie haben eine Codekarte samt PIN, nehme ich an?«

»Ja, aber nur für die vordere Tür«, bestätigte Esser. »Die andere – die müssen Sie aufkriegen.« Er schaute Jan skeptisch an. »Haben Sie kein Schweißgerät oder so etwas in der Art?«

Jan beäugte schmunzelnd die Glastür. Betrachtete den Bereich bis zur stählernen Wertraumtür, ein einzelner Schreibtisch stand herum. Er entdeckte das elektronische Tastenkombinationsschloss mit Fingerabdruck-Scanner.

»Das Wunder der digitalen Technik«, triumphierte er. »Dafür brauche ich kein schweres Gerät.«

»Aber wie machen Sie das mit den Fingerabdrücken?«

Jan lächelte den Alten an.

»Na, Sie hatten uns doch ein Trinkglas von Ihrem Ernst Guchle zukommen lassen. Und dazu ein Metallplättchen, das Ihr Prokurist Bär berührt hatte. Die Prints sind als Datei gespeichert – der Rest ist Berufsgeheimnis.«

»Guchle ist der tonführende Hetzer, der will mich loswerden«, schnaubte Esser, als müsse er sich verteidigen. »Aber dem Schweinehund zahl ich es heim. Ich weiß einiges. Der braucht nicht glauben, dass er mit seinen schmierigen Geschäften davonkommt.«

Jan interessierten firmeninterne Machenschaften nicht, aber er empfand Mitleid mit dem hart schnaufenden Mann. »Gut aufpassen, damit Sie keinem in die Quere kommen.«

Esser schüttelte den Kopf. »Mir passiert schon nichts. Aber Herr Bär darf durch unsere heutige Aktion keine Schwierigkeiten bekommen.«

»Da machen Sie sich mal keine Gedanken.« Jan sah sich um. »Und sonst ist keiner da?«

Er mochte nicht glauben, dass die Sicherheit einer solchen Firma in den Händen eines kleinen Wachmanns lag. Womöglich hatten die Pläne Guchles doch ihre Berechtigung.

»Grippewelle!«, sagte Esser knapp. »Aber meist sind wir zu zweit.« Er setzte ein Grinsen nach.

»Prima Timing!«, lobte Jan. »Und die Kameras?«

»Ich dachte, das machen Sie. Manipulieren kann ich die Dinger nicht.«

Jan nickte. »Klar. Dafür bin ich ja da.«

Esser führte ihn in die Sicherheitszentrale hinauf und schlurfte weiter. Musste seine Runde machen.

Jan verschaffte sich einen Überblick, sichtete jeden einzelnen Bildschirm. Er packte sein Notebook aus, schloss es mit einem Netzwerkkabel an und hackte sich ins Gebäudesystem. Er deaktivierte den Aufnahmemodus der Kameras innerhalb seines vorgesehenen Wirkungsbereichs, ließ sie aber weiterhin aktuelle Bilder übertragen.

Alles ruhig, alles leer.

Diese Bilder speicherte er ab. Dann suchte er die dazugehörigen Festplatten, tauschte diejenigen der Tresorkameras gegen leere aus und speiste die Standby-Bilder ein.

Er war mit dem Löschen und Bearbeiten der Kameradaten nahezu fertig, als er drei dunkle Gestalten in der Einfahrtshalle entdeckte. Sah, wie Esser in ihre Nähe kam, gleich darauf zusammenschrak und zu flüchten versuchte. Zwei Männer überwältigten ihn, er sackte zu Boden. Der dritte drückte ihm einen Lappen ins Gesicht.

»Shit!«, fluchte Jan. »Was läuft denn da ab?«

Rasch beendete er die Datenmanipulationen, tauschte die Festplatte mit den Aufnahmen aus der Halle gegen eine gelöschte aus, programmierte sämtliche betroffenen Kameras, sodass sie erst gegen Morgen wieder mit dem Speichern der Aufnahmen starteten. Dann steckte er Notebook und Kabel samt den verräterischen Festplatten in die Tasche. Holte seine Glock 17 aus dem Holster, verborgen unter der Jacke. Schraubte den Schalldämpfer auf. Seine Augen fest auf die Bildschirme gerichtet.

Vorerst würde er sich im Hintergrund halten, die Lage sondieren und abwarten, was die Typen vorhatten.

Bald war ihm klar, dass sie Chipkarten, Passwörter und genaueste Pläne besitzen mussten, denn sie drangen mühelos bis in den Tresorbereich vor.

Der dritte Mann trug im Gegensatz zu den anderen keine Sportschuhe, eher elegante Slipper, und außerdem Latexhandschuhe. Er war in der Lage, mit zwei Zugangskarten samt Codes die vordere Schutztür zu öffnen. Den Scanner an der hinteren Tresorraumtür überlistete er durch ein jeweiliges Antippen mit dem linken und dem rechten Zeigefinger. Was Wirkung zeigte, weil das Gerät offensichtlich weder Temperatur noch Puls maß. Präpariert hatte die Handschuhe zweifellos ein Experte. Das bewies einmal wieder, eine Kette war nur so stark wie ihr schwächstes Glied.

Jan fühlte Freude aufkommen. Nach dieser Vorarbeit brauchte er sich nicht mehr allzu sehr anstrengen. Und für den Alten war es auch von Vorteil, dass sie ihn ausgeschaltet hatten.

Er verließ den Überwachungsraum, schlich ins Untergeschoss, sah niemanden.

»Ich kümmere mich um die Kameras«, hörte er plötzlich eine Stimme und konnte sich gerade noch rechtzeitig im Dunkelbereich eines Nebenganges verbergen. Der Lackschuhträger mit den Latexhandschuhen spurtete zielstrebig vorbei. Er musste sich hier gut auskennen.

Jan rührte sich nicht, atmete flach, vermied jegliches Geräusch. Zuckte kaum merklich zusammen, als es von der Überwachungszentrale her brüllte:

»Was – was soll das? Wer war hier drin?«

Jegliche Vorsicht ignorierend, kam der vornehm Beschuhte herabgehetzt.

»Wer hat die Kameras abgestellt?«

Er war garantiert der Initiator des Trios.

Die zwei Schwarzvermummten liefen ihm entgegen, hoben die Schultern. Einer schüttelte den Kopf.

»Wir müssen abbrechen«, beschloss der Boss.

»No, no!«, wurde er vom anderen Handlanger zurechtgewiesen. Der zog auch sogleich seine Waffe und fuchtelte herum.

»Na gut«, gab sich der Boss einsichtig. »Vielleicht war's der Wachmann. Machen wir weiter. Aber achtgeben.«

Jan ließ sie arbeiten. Er wollte ja bloß den weinroten Aktenkoffer mit den Juwelen. Mit dem schwer transportablen Rest konnte er ohnehin nichts anfangen.

Nachdem die Männer mehrere Behältnisse hinausgeschleppt hatten, hörte er den Anführer befehlen: »Fertig. Abmarsch!«

Die beiden Helfer reagierten aufgeregt, vielleicht waren sie anderer Meinung.

Es folgte ein Schuss. Nicht mal schallgedämpft. Ganz schön nachlässig.

Rasch ging Jan durch die erste Sicherheitstür, die die Ganoven mit einer quergelegten Kiste blockiert hatten, verbarg sich hinter dem verwaisten Schreibtisch, der seitlich stand.

Lauerte. Mit der Glock im Anschlag.

Hörte Schritte.

Einer der Gauner kam zurück, schimpfte vor sich hin. Vermutlich, weil die zweite Tür verschlossen war.

Jan rang sich Ruhe ab, bis der Anführer auftauchte und die Haupttresortür erneut öffnete. Alarm und Sicherheitsmechanismus waren wohl abgestellt, denn normalerweise musste immer eine der Türen geschlossen sein, bevor die zweite zu öffnen war.

Er machte sich keine weiteren Gedanken, ließ die Männer auch diese Tür blockieren und einen weiteren Behälter hinausschleppen. Kaum waren sie verschwunden, huschte er in den Tresorraum. Entdeckte im Nu den weinroten Koffer im beschriebenen Regal, ergriff ihn und wandte sich um. Sah einen der Diebe über die Kiste steigen, die die Glastür am Schließen hinderte.

Jan duckte sich.

Ließ ihn herankommen.

Schnellte auf, schoss ihm in die Stirn. Der Kerl fiel um wie ein abgesägter Baum.

Jan sprang hin, schob ihm die Ski-Maske hoch und erkannte einen Asiaten. Einen Reim konnte er sich nicht darauf machen.

Schon hörte er die zwei anderen. Sie näherten sich, stritten. Gierige Dummköpfe. Hatten sicher schon etliche Goldbarren in ihre Hände gebracht. Schnell stellte er sich hinter die halbgeschlossene Tresortür.

Die Männer tauchten auf, erblickten den toten Kumpel.

»Zum Teufel!«, zischte der Boss. »Irgendjemand ist im Gebäude. Nichts wie raus!«

Sie machten kehrt und rannten, als wäre eine Meute Hunde hinter ihnen her.

»Wird auch Zeit«, knurrte Jan.

Er verharrte ein paar Minuten. Lauschte.

Keine Schritte, kein Alarm. Totenstille.

Dann stieß er den blockierenden Kasten in den Tresorraum, wich zurück, und die schwere Stahltür schob sich zu. Die andere Kiste ließ er stehen und eilte in Richtung Ausgang.

Ein röchelndes Stöhnen bremste ihn aus. Er schaute suchend umher, entdeckte im Schein der Notbeleuchtung den Wachmann zusammengekrümmt auf dem Boden liegen. Blut floss aus dessen Brust, die Lache darunter verriet den nahenden Exitus.

Mit dem Fuß drehte Jan ihn behutsam in Bauchlage. Schüttelte den Kopf.

»Tut mir leid, Alter. Doch nix mit Südamerika.«

Er schoss ihm ins Genick. Beendete die Qual.

Dann machte er sich aus dem Staub.

Richtig aus dem Staub.

Doretta bekam ihn jedenfalls nicht mehr zu Gesicht. Ein zielgerichteter Schuss von hinten und die anschließende Vernichtung sämtlicher DNS-Spuren im Bungalow mittels Feuersbrunst beendeten sein Gastspiel in der Goldstadt. Schade um die galante Witwe, aber seine Zukunft würde sie nicht mehr gefährden.

Vier Wochen später hatte er es sich in seiner kanadischen Bergvilla gemütlich gemacht. Mit weiter Sicht auf den malerischen Middle Waterton Lake.

Er überprüfte die gestohlene Festplatte, auf der die Geschehnisse in der Einfahrtshalle gespeichert waren. Der Lackschuhmann war deutlich zu erkennen, ehe er sich die Ski-Maske anzog und dem Wachmann ein Tuch vor die Nase presste.

Jan konnte ihn einwandfrei identifizieren, nachdem er via Internet diverse Polizei- und Presseberichte über den Edelmetallraub angeschaut hatte. Hierbei waren auch die geschäftsleitenden Herren interviewt worden.

Jan Ortez beschloss, für ausgleichende Gerechtigkeit zu sorgen, und bereitete das Beweisstück auf die Reise an die Pforzheimer Kriminalpolizei vor.

Mit Genuss fügte er folgende Worte bei:

Aus dem Jenseits kommt die Platte
mit der fiesen Guchle-Ratte.
Jetzt kennt ihr den Hergang besser,
diesen Gruß schickt Günter Esser.

AUSKLANG

Die Making-ofs & Resultate

Nachwort und Danke

Glaubwürdige Krimis zu schreiben funktioniert nicht ohne intensive Recherchearbeit und die Mithilfe von Fachleuten. Dies betrifft ebenso die Umschlaggestaltung dieses Buches.

Ein herzliches Dankeschön gebührt deshalb an erster Stelle meinem Cousin Hans-Jürgen Sperl, der mir wiederum eines seiner Bildwerke zur Verfügung gestellt hat. Gerne verweise ich auf seine Internetseite www.sperl-online.de.

Der Kurzkrimi *Tod im Gewächshaus* ebnete mir 2009 den Weg in die Öffentlichkeit, denn er wurde unter die Bestplatzierten der Krimiausschreibung »Ohne Krimi geht die Mimi nie ins Bett ...« der *Pforzheimer Zeitung* preisgekrönt. Ich danke allen, die daran beteiligt waren.

Nachfolgend ein Auszug aus dem PZ-Artikel »Gänsehaut inklusive« (15.10.2009, Sabine Hägele): »In fast schon lakonischem Ton beschreibt Uschi Gassler in *Tod im Gewächshaus* den Mord einer gedemütigten Geschäftsfrau an deren Rivalin. Und obwohl bereits auf Seite drei die Gewalttat geschildert wird, schafft es Uschi Gassler bis zum bitteren Ende, die Spannung zu halten. (ps)«

Einen Krimi über Wein schreiben wollen, aber keine Ahnung haben? Das brachte mich ganz schön ins Schwitzen. Gut, dass ich einen Fachmann zurate ziehen konnte. Deshalb geht mein weinseligster Dank an Klaus Richter. Er ist nicht nur ein guter Freund, sondern auch ein versierter Kenner sämtlicher vergorener Traubensäfte, welche die Winzergemeinschaft so produziert. Er hat mich mit Engelsgeduld in die fabulierungswütige Welt der Weinprofis eingeführt und somit in die Lage versetzt, den Kurzkrimi *Die Weinprobe* in all seinen facettenreichen Geschmacks- und Geruchsnuancen ausformulieren zu können. Was mit Sicherheit ein Grund war, den Einstieg in einen Verlag zu finden und die Veröffentlichung in der Krimisammlung »MordsKüche« (Der Kleine Buch Verlag, jetzt: Lauinger Verlag, Karlsruhe, 2012) ermöglichte.

In *Die Weinprobe* wird »Lady Mallowan« erwähnt. Wenn Sie glauben, diese krimischreibende Dame nicht zu kennen, muss ich Sie enttäuschen. Es ist die weltberühmte Agatha Christie.

Inspiriert durch den Besuch meiner Heimatstadt aus Kindheitstagen wegen eines Klassentreffens im Herbst 2012 entwickelte sich der Krimi *Oberfrankentango.* Wie der Titel verrät, liegt der Schauplatz im hohen bayerischen Norden, aber nein, das wollen die Franken nicht hören, es ist der fränkische Norden, kurz vor der thüringischen Grenze. In meiner Kindheit das Ende der Welt, idyllisch und abgeschieden, dennoch die vorübergehende Heimat für etliche Zollbeamte, zu denen auch mein Vater zählte. Den Schnee gab es tatsächlich an einem Oktobersamstag im besagten Jahr, dem Abreisetag eines amerikanischen Ehepaars, das vier Wochen unser Gast gewesen war, weshalb ich jenen Tag zum Anlass nahm, meine Protagonistin und ihren Hektor auf Fahrt zu schicken.

Veröffentlicht wurde der Kurzkrimi in »Mords-Urlaub«, einer weiteren Krimianthologie des Lauinger Verlags (ehem. Der Kleine Buch Verlag, Karlsruhe, 2013), und hat 2014 den 1. Platz bei der Preisverleihung für die besten Krimis des Buches erhalten.

Danke an alle, die an diesem Erfolg beteiligt waren. Der Krimi ist zu einem besonderen Schmankerl geworden. Am besten, man entkorkt einen Bocksbeutel und genießt beim Lesen ein Gläschen Frankenwein.

Des Markgrafen Herzkapsel und *Das Geheimnis der Krypta* entstanden in Kooperation. Der Abdruck des Krimis von Claudia Konrad in diesem Buch erfolgt mit ihrer freundlichen Genehmigung.

Die Idee mit der Herzkapsel kam mir nach langer Überlegung, ein packendes Thema zur Ausschreibung »MordsKarlsruhe« des Kleinen Buch Verlags (jetzt: Lauinger Verlag) anlässlich des 300-jährigen Jubiläums der Residenzstadt zu entwickeln. Ich entdeckte das verschwundene Relikt in den Tiefen des Internets, Claudia Konrad recherchierte bei den Regierungspräsidien Karlsruhe und Stuttgart sowie beim Pfarramt in der Pforzheimer Schlosskirche.

Es war harte Arbeit, die Krimis aus zwei parallel laufenden Perspektiven in Einklang zu bringen, aber die Mühe hat sich gelohnt, es erfolgte 2015 die Veröffentlichung im genannten Krimiband.

Ich danke deshalb meiner Freundin und Autorenkollegin Claudia Konrad für die hervorragende und spannende Zusammenarbeit, begonnen im regnerischen vorweihnachtlichen Karlsruhe, das uns als ideale Kulisse diente.

Ich danke ferner der Geschäftsleitung des Hotels »Kaiserhof« für die Genehmigung, es namentlich in den Krimis nennen und als Unterschlupf für den Auftragskiller verwenden zu dürfen.

Biologie mit Schlinke erhielt den letzten Schliff mit dem wichtigen Tipp über eine unheimliche Käferart von meiner Autorenkollegin Claudia Konrad, wofür ich ihr sehr dankbar bin.

In diesem Krimi tritt erstmalig Rosann Feiler in Aktion, die Tochter von Hauptkommissar Eric Feiler aus Pforzheim, der hin und wieder in meinen Kurzkrimis Übeltäter überführen darf.

Steinbesessen ist eines meiner aktuellsten Werke in dieser Krimisammlung. Auch hier mischt Rosann Feiler mit, gemeinsam mit ihrer Oma Agata aus Bayern.

Ich danke der Hobby-Steinbildhauerin Maggie Sieger für den Ansporn und die Inspirationen samt den detailgetreuen Schilderungen über Abläufe und Emotionen in einem Bildhauer-Workshop.

Ich schrieb diesen Krimi nicht, weil ich mich zu Steinen hingezogen fühle, sondern weil Maggie Sieger und ich schon lange geplant hatten, Literatur und Skulpturen in Einklang zu bringen. Da bot es sich an, das Kulturevent des Goldstadt-Autoren e. V. in der Bilfinger Weinbrennerkelter im Juni 2016 zum Anlass zu nehmen, einen Krimi im Steinbildhauer-Milieu auszuarbeiten und bei der Vernissage Premiere zu lesen. Mit Claudia Konrad als Sprecherin der Agata Feiler und Fred Keller als Sprecher des Rodolfo Pietra.

Den Steinbruch, den ich als Schauplatz verwende, gibt es in der Gemeinde Remchingen tatsächlich, die von mir beschriebenen Personen sind komplett frei erfunden.

Unterstützung bei den Dialogen im bayerischen Dialekt beziehungsweise italienischen Akzent erhielt ich von meiner Mutter sowie meinem Autorenkollegen Fred Keller, denen hierfür ein liebes Dankeschön zusteht. Wegen eines höchst speziellen italienischen Ausdrucks musste ich meine Arbeitskollegin Giuseppina Guglielmino befragen, auch ihr vielen Dank!

Das Hochzeitsgeschenk beinhaltet Dialogteile in Englisch und Italienisch. Ein inniger Dank fürs Übersetzen geht an Audry Wagner-Morales sowie an Giuseppina Guglielmino. Besonders danke ich Ilona McMillion aus Minnesota für die Übersetzung der Dolchinschrift ins Englische.

Die Idee zu diesem Krimi kam spontan aus heiterem Himmel, die Figuren und die Handlung sind frei erfunden.

Auch in **Allerbeste Freundinnen** finden sich Worte, die zwar nicht ausländisch, aber berlinerisch klingen sollen. Meine Autorenkollegin Ina Zantow hat mir hierbei Hilfestellung geleistet. Vielen Dank dafür!

Die Geschichte **Der Clown** ist eines meiner frühen Werke. Ich schrieb sie ohne fremde Hilfe, ganz allein für mich. Ich danke der Muse Kalliope, vermutlich war sie es, die mich damit beseelt hat. Ich liebe diese Story sehr. Obwohl ich sie als Kurznovelle einstufe, platziere ich sie ganz bewusst inmitten der Krimis, denn auch sie enthält menschliche Abgründe und bitterbösen Hass. Doch kommen auch die Liebe und der Glaube an das Gute zu ihrem Recht. Vor allem aber der Mensch dahinter, mein Protagonist, der das alles erleben muss und dennoch nicht daran zerbricht.

Rien ne va plus – nichts geht mehr und **Odeur des Todes** entstanden aufgrund meiner unbändigen Lust, mir immer und überall Inspirationen für neue Geschichten einzuholen. Sei es aus dem eigenen Leben gegriffen oder dem Fremder, gleichgültig, ob aus der Zeitung oder dem TV.

Ein längst überfälliges Dankeschön richte ich an meinen Ehegatten, der mit Engelsgeduld und steter

Bereitschaft bei meinen Ortsrecherchen behilflich ist und mich als mein zuverlässiger Chauffeur überall dorthin fährt, wo immer es nötig ist.

Unsere bis dato aktuellste Recherchefahrt führte uns nach Heidelberg, dem Tatort für *Stille Nacht – Böse Nacht.* Die Idee für einen Weihnachtskrimi hatte lange in mir gelauert, bis ich endlich den für mich absolut perfekten Plot fand.

Jan Ortez hat hierin seinen ersten Auftritt, bevor es ihn in die Goldstadt verschlägt und ich in der »Schmuckrevue« darüber erzählen kann.

Juwelenblut, ein Goldstadtkrimi. Entstanden 2016 aus einer weiteren fabelhaften Zusammenarbeit mit Claudia Konrad, die mit *Fette Beute* die Basis für den Plot schuf. Der Abdruck ihres Krimis in diesem Buch erfolgt mit ihrer freundlichen Genehmigung. Die miteinander verknüpften Handlungen wurden eigens für die »Schmuckrevue« anlässlich des 250-jährigen Jubiläums der Pforzheimer Traditionsindustrie geschaffen.

Jan Ortez hat hier seinen zweiten Auftritt, passenderweise mit der Dame, die er sich zuvor in Heidelberg angelacht hat. Bis er für seine Taten büßen muss, werden ihm weitere Auftritte nicht erspart bleiben. Und um den Goldstadt-Krimis zu einem würdigen Abschluss zu verhelfen, ging der Killer sogar unter die Dichter, unterstützt von Ernst Merz.

Sie wollen wissen, was es mit der »Schmuckrevue« auf sich hat? Um bei den Veranstaltungen fürs

Pforzheimer Stadtjubiläum im Jahr 2017 mitwirken zu können, fasste ein ortsansässiger Edelsteinhändler und begnadeter Hobbymusiker den Entschluss, eigens eine auf die Goldstadt abgestimmte Revue zu kreieren. Im Wechsel wurden berühmte Songs, teilweise neu betextet, Anekdoten und Gedichte aus der Branche sowie die beiden Krimis in mehreren Veranstaltungen dargeboten. Unser Ensemble bestand aus fünf Musikern, einer Sängerin und drei Autoren.

Wertvolle Tipps zur Sicherheitstechnik in Firmen erhielt ich von Simon Fik, dem ich herzlich danke, die Krimis dahingehend überprüft zu haben.

Nicht vergessen darf ich René Krail, einer meiner wichtigsten Informanten und zuverlässiger, langjähriger Homepage-Administrator. Er ist stets bereit, den jeweils passenden Schießprügel für meine Krimis auszusuchen. Ich danke auch ihm, was täte ich ohne seine vielseitige Hilfe.

Und schlussendlich einen lieben Dank an Ernst Merz für seine meisterlichen Dichtungen. Darüber hinaus ist er helfend zur Stelle, wenn mir mal keine passenden Reime einfallen oder ich mit meinen Versen in eine Sackgasse gerate. Ich bin froh, mich an ihn wenden zu können.

Danke, liebe Leserinnen und Leser, bis zu diesem Ausklang ausgeharrt zu haben. Sollte der Abschied jetzt nicht passen, bitte gleich nach dem nächsten Buche fassen. Anregungen siehe folgende Seite.

VERÖFFENTLICHUNGEN

GIER IST DICKER ALS BLUT

Psychothriller
368 Seiten, Broschur
Lauinger Verlag (ehemals: Der Kleine Buch Verlag)
Karlsruhe, 2015
ISBN 978-3-942637-73-2 / 10,00 EUR
E-Book: 978-3-942637-80-0 / 4,99 EUR

Der junge Lottomillionär Jonathan Falkner lebt zurückgezogen in seiner Durlacher Hightech-Villa. Ein Fremder gewinnt sein Vertrauen und lässt sich als Gärtner einstellen. Getrieben von Geldgier und einem düsteren Geheimnis, das ihn mit dem reichen Studenten verbindet. Als Menschen aus Jonathans Umfeld verschwinden, gerät dieser ins Visier der Karlsruher Kriminalpolizei, und als Leichen in seinem Park ausgegraben werden, wird er verhaftet. Jetzt muss er sich der Frage stellen, ob er unter paranoider Schizophrenie leidet oder gar ein kaltblütiger Mörder ist. – Aber welche Rolle spielt der Gärtner? Und was verbirgt der Adoptionsvater?

ENTFESSELTE EMOTIONEN

Kurzgeschichten von Uschi Gassler
Tierisches – Menschliches – Genüssliches
162 Seiten, Taschenbuch
Engelsdorfer Verlag, Leipzig 2016
ISBN 978-3-96008-476-1 / 11,20 EUR
E-Book 4,99 EUR

Siebzehn Erzählungen, Anekdoten, Geschichten authentisch und lebensnah zum Bangen, Hoffen, Schmunzeln.

ABSTRUSE AUGENBLICKE

Phantastische Geschichten von Uschi Gassler
Groteskes – Kurioses – Surreales
158 Seiten, Taschenbuch
Engelsdorfer Verlag, Leipzig 2017
ISBN 978-3-96008-740-3 / 11,00 EUR

Neun fiktive Kurzgeschichten zum Gruseln, Schaudern, Mitfiebern.

WEITERE INFOS:

Autorenhomepage	www.uschi-gassler.de
Brandneu für Krimifans:	www.mordskrimis.de
Goldstadt-Autoren e. V.	www.goldstadt-autoren.de